金時鐘コレクション Ⅱ

幻の詩集、復元にむけて——詩集『日本風土記』『日本風土記Ⅱ』

藤原書店

27歳の夏

（『日本風土記』巻頭より）

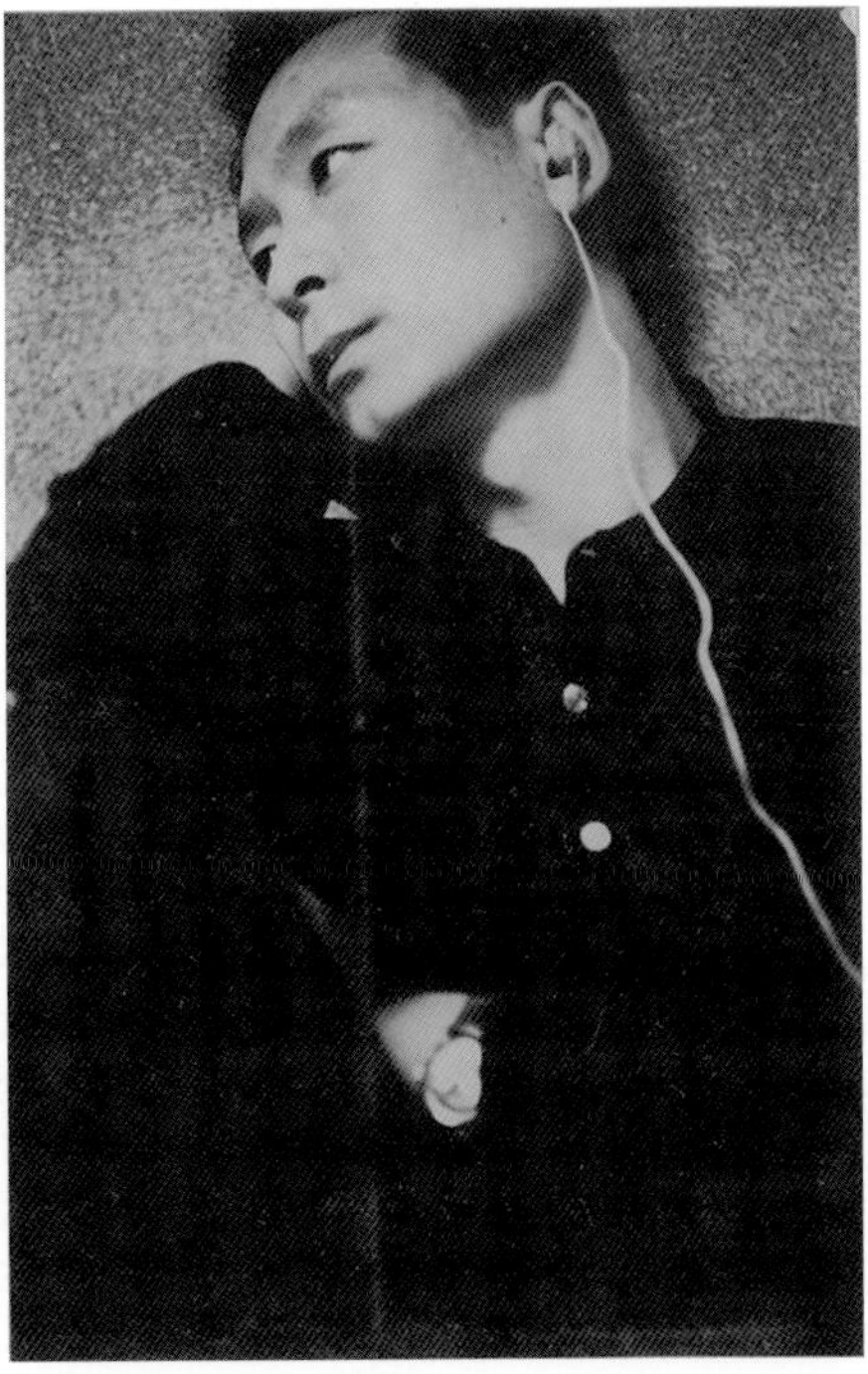

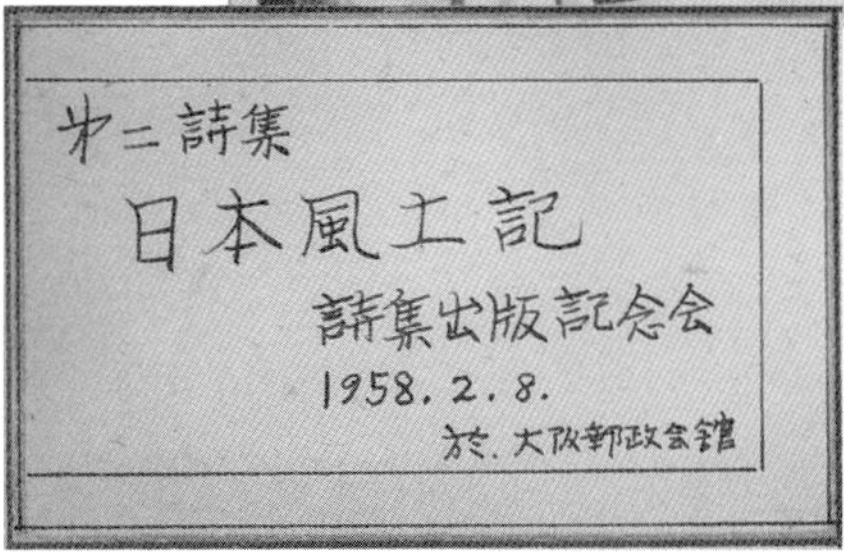

1956年5月
退院を控えて。
回復の陽ざしあたたかく

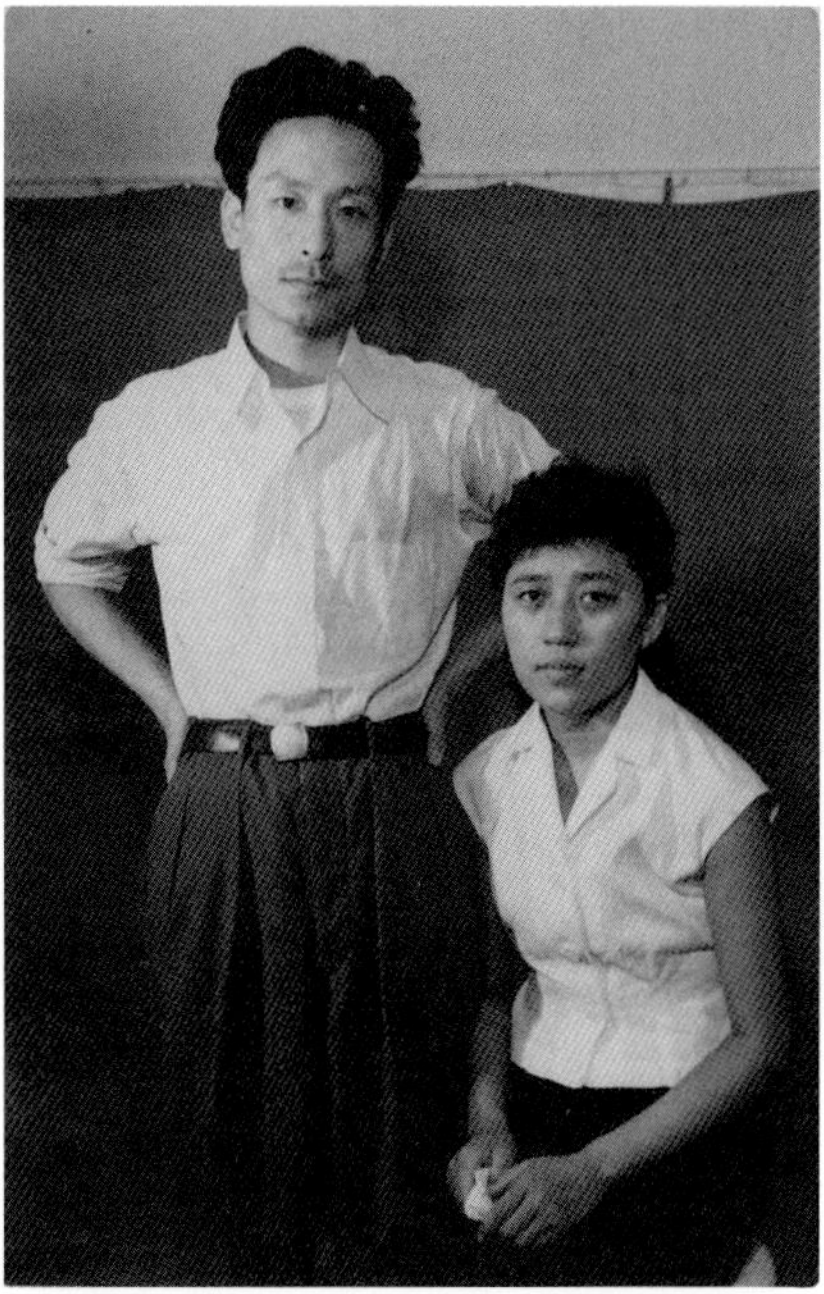

1956年8月頃
結婚3月前、姜順喜夫人と

金時鐘コレクション　2

幻の詩集、復元にむけて

詩集『日本風土記』『日本風土記Ⅱ』

目次

日本風土記

犬のある風景 —— 19

無風地帯

復元詩集　日本風土記 II

究めえない距離の深さで——227

金時鐘コレクション 2

幻の詩集、復元にむけて

詩集『日本風土記』『日本風土記Ⅱ』

〈本コレクションについて〉

編集委員＝細見和之　宇野田尚哉　浅見洋子

金時鐘の詩を総覧できるものとしては、『集成詩集　原野の詩』（立風書房／一九九一年一一月）がある。しかし、『原野の詩』が刊行されてから三〇年近くが経ち、その間に新たな詩集が刊行された。詩集に未収録のまま散在する詩篇も数多く存在する。また、評論・講演などの散文作品については、それぞれの単行本や収録紙誌に拠るほかない。

このたびのコレクションは、なお一層活躍する金時鐘の現在までの著作群をなるたけ網羅し、詩・評論・講演に大別して編纂したものである。詩集の各巻には、時期ごとの詩集未収録作品及び、著者へのインタビューを収録した。二〇世紀・二一世紀の激動の時代を生き抜いた在日朝鮮人詩人の珠玉の言葉が、広く読者に届けられることを願う。

凡例

一　底本について

〈詩集〉『原野の詩』所収の詩集は『原野の詩』初版を、それ以外の詩集についてはそれぞれの単行本を底本とした。詩集に未収録の詩については、原則的に初出紙誌を底本とした。

尚、本巻収録の『日本風土記Ⅱ』は未刊行の詩集のため、それぞれの初出紙誌を底本とした。

〈評論・講演〉原則的に、最新版の単行本を底本とした。単行本に未収録の作品については、その都度、典拠を記した。

いずれについても、個々の巻・作品についてその他の事情がある場合は、各巻巻頭の凡例、あるいは各巻末の「解題」において示す。

一　現代かなづかい・新漢字に統一した。

一　拗促音は小さくした。

一　明らかな誤植は修正した。

一　表記統一については底本を尊重し、明らかに不自然な表記は改めた。

一　右の四項目の確認を含め、著者自身による校正を経た。

装丁・作間順子

日本風土記

父の墓前に捧ぐ

南京虫

金時鐘

濡れ雑巾で
城壁を積み
ようやく帝王になりかけたころ。
天井からポタッと滴ったものがあった。
南京虫。
こいつの創意性なら
充分
俺の血の十滴くらいは
やる必要がある。

犬のある風景

政策発表会

カーブを切り
坂を登りつめたところで
まともに
カァーッときた。

前方をすかしていた
運転手は
急いで両の腕を交叉させたが

それでも
その端をふんづけにして遠ざかった。

轢かれてたんですよ。
いよいよ前こごみになりながら
運転手はぶっきらぼうに
ことの条理を糺した。

私は相乗りをされて
共産党の政策発表会へ急いでいたが
市電線路に腹ばいになり
首だけをもたげていた

犬の無表情さが
いくら走っても
黒い被写体となって
燃えるような夕日のただ中に横たわっていた。

木靴

一気に
階段をかけ上がり
せきこんでとび乗った
電車の中で、
俺は　奇妙な奴に
押しまくられた。
俺があわてふためいたときも
奴は悠然と

そいつをねじこんだに違いない。
でん部を伝って
その冷たさが
じいんと下っぱらに来る。
延び上がる頭上を
〝更生資金〟のかんばこで
しゃ断し
いやおうなしに
あてがった掌までを
しびれさせた奴。
奴の　骨から生え出たような
かしの木にはりつけられて
俺は振子となった。

群がる
通勤客をしり目に
奴の長針が
階段を刻む。

　　コツ　コツ
　　　コツ　コツ

俺はどこまで
引きずられたものか。
観念しきった目が
目前の赤い口を気にしだしたとき
遠くで

がら　がらっと
自動扉の開くのを聞いた。

除草

鎌

が　いるかって？

めっそうな！

勢いづいた夏草の茂みは

そんなことで

間にあいやしないのだ。

もっとも労力が省けて

それでいて

衛生的で
根絶やしにする
決定的な方法があるのだ。
まず
ガソリンを敷く。
それに
火を放ち
離れたところから
肩げた噴射器の
ホースを向けてればいい。
火は　いっそう
それで誘発する。

×

屋根ごしに
あふられている焔で
かけつけたのだが
彼のホースが
俺のまつげを焦がしてしまった。
火の合間から
片手を上げて〝ゴメンヨ〟を言った。
ねちゃねちゃ
ガムをかんでいる顔が
いかにも人の良さそうな
童顔だった。

俺は　うなずいて
〃イイヨ〃と言った。
太陽が傾いたとはいえ
蛍ヶ池かいわいの
透明な
明るさの中でだった。

インディアン狩り

ぼくが
この喜劇に出くわしたのは
決して偶然ではない。
すねた胴体を汗ばませて
インディアンがうずくまっていたのだ。
そこへ　男がとび乗り
躍起とばかり横っぱらをけり始めた。

インディアンの辛棒づよさもさることながら
その男の逆上ぶりは
見ものだった。
せきこんでいる彼には
よほど性根にすえかねたとみえ
気ぬけのした嘲笑に
すっかり腹をたてていた。

憤然とクラッチを握りなおしたとき
男の形相はもう頂天に達した。
アクセルをぞんぶんに開ききったまま
のび上がった姿体を
奈落へけおとしたのだ。

まあ待て。
見ているぼくまでが
のぼせるというてはない。
チェンジギアーがうなったときは
もうインディアンは
その場にいなかったことだけを
話しておこう。
もの見の子供たちをけちらし
角の電柱にハンドルをひっかけられて
男はぎらつく歩道に投げだされたのだ。

けたたましい余勢を駆って

よこったおしのインディアンが
なおも空間をつっぱしった。
ひび割れたサングラスを残して。

そこでぼくは思うのだ。
アメリカ人には　もっと優柔不断な
才気があるのになあ、と。
第一　インディアンを乗りこなすほど
日本人ばなれのした君でもなかったろうにさ。

ほれ　止まるだけでも
インディアンはあれほどでっかい叫びをあげるよ。

長屋の掟

俺にも
少なからず
こいつの処分には
興味があった。
第一
前世紀的な
罠にひっかかった
こいつのとん馬さかげんだけは

考慮される必要がある。
それにしても
赤んぼうの鼻をかじられた
コンチおばさんの裁きに
そのことが
通用するか
どうか。

先週の
火あぶりの刑は
あっけなかったとあって
長屋の意見は
だいたい

水ぜめの刑に
一致のようだ。
そこで
俺が発言をする。
そのネズ公の
とん馬さかげんについて。
だが
どうだ！
この連中ったら
からっきし
ユーモアがないのだ。
たちまち
大目玉をむいて

コンチおばさんに
どなられた。
こいつの罪状は
それだけ余計
貪欲だとのこと。
したがって
重罪。
半死半生になるまで
下水に
ひたし
それから先は
新案の
車輪の刑に

処せられる。

誰か
腹の割れる音を
聞いたことが
あるか⁉
日本の
五十一音をもってしては
とうてい出まい。
当のコンチおばさんが
*チマをからげて
逃げ出したほどだ。
数時間後

俺はその刑場を
よぎったが
なんたる
交通量！
アスファルトに
へばりついたのは
手のひらほどの
白茶けた
皮。
それにしては
これほどの刑罰を
奴らに知らせるてだてが
余りにもなさすぎる。

俺らが
人間であっては！

＊チマ＝朝鮮袴のこと。

淀川べり

もう　こうなりゃ
ことは地球の範囲を
はみ出した。
すべてがあらわな
透明の中で
空が静止し
嬰児が
三巴《みつどもえ》の闘争をくりひろげる。

この不幸な
多産系の種族が
屍姦を敢えてしたところで
驚くには当たらない。
そのあとが
八裂きの饗宴だ。
泥一つはねるでなく
波紋一つ描かずに
ことは次第に処理されていく。
爆発寸前の
しずもりの中で
空を抱きこんだ
水溜まりの分娩は

遂に　俺の鉄槌を誘発した。

にえくりかえった泥が
しばし渦をまく間。
浮かび上がったのは
はじめから死んでいた
ふにゃけた　カニだけ。
はがされた甲羅の
白みをゆらめかし
侵蝕しはじめた空の
青みどろの一角へ
ゆっくりと吸いこまれていく――。

さわやかな葦が
また　影となるとき。
空は静止し
雲の合間から
にょき　にょきと
横ばいの奴が
しょうこりもなく
大気の中へ躍り出る。

家出

空を閉じこめた
親父がいた。
それを苦にする
息子もいた。
夜陰に乗じて
柵を切ったが

かんじんのきゃつは
飛びたたなかった。

なぐりとばした拳の上で
ものうげに羽をのばす

きゃつ。

首をかしげては
目をぎろつかす。

曲がった嘴そうおうに

時が狂うのも無理のない話。
みかん箱を伏せたような
にわとり小舎で
大空の猛者が退化する。
どこからどこまでが
家畜なのか
それを知っていたのは
夜半

ひとり街へはばたいた
息子だけ。

夜の街で

〔1〕

出鼻が河だった。
ネオンの沈んでいる一点にだけ
雨は蝿のようにたかっていた。
着かざった女が
開けはなした窓からジョッキをかかげて笑いこけた。
河をへだてて

ぼくの脳はその声をじかに聞いたような気がした。
サイレントの画面の中では
街が知らぬまに濡れていた。
ぼくは雨の用意をしていなかった。

〔2〕

待つものはなかなか来ない。
五十がらみの男が
年ま女と立っていた。
突然へなへなと並木にもたれて
女がアゲた。
濡れた車道にブッタブッタとしたたった。
バスが入った。

今度もぼくの乗るバスではなかった。
タイヤが二すじ
への真上を通りぬけた。
安酒の臭いがただよった。
男は七十円タクシーを拾っていた。
ぼくの観たところ
とうていあの女から元手は取れそうもなかった。
不本意な話が
たまに当たった天気予報のため
女は中みのものまでさらされていた。

浦戸丸浮揚

人間って
それほど　他愛ないものだったろうか？
たった　十年余りの歳月で
月並に　成仏してやがる。

50メートル　そこらの海底で
アンコー　ヒラメと
仲良しに　なり

閉じきれなかった　目玉を
海ヘビに　喰わしてまで
そんじょそこらの　エビ類までを
留守になった　頭蓋骨に　住まわせるのだ。

一人ぐらい
まともな　亡霊はいないか?!
堆積した泥を　はらいのけ
やっとこさ　引き上げた　船ぐらの奥で
あぐらを　かき
ぼろけたシャツの　胸をはたきながら
ニターッと　笑っているような——。

ＳＥＡＴＯ[*]に
息が　かかり
艦船建造の　案がなった頃
もしや　比島沖の　どれかに
そんな　奴が
二人か　三人
居るかも　知れない。

＊ＳＥＡＴＯ＝東南アジア条約機構

盲管銃創

傾けたら
コロロッ　と
音がしたと　いう。

虚ろな　瞳孔を
右へ結んだ
こめかみよりの
穴。

ピーナッツ。
脳じるを
吸いつくし
すっかり　風化した
青い　かさぶた。

俺は　そいつを
もう一度
放りこむ。

大後頭の孔を　ふさぎ
高く　差し上げると

木魚より　たしかな
念仏が出てきた。

からりっ　ころり
ころっ　からり
ころっ　ころっ
からっ　ころり

天日に　かざせば
ボヤのように
すけて　みえる
頭蓋腔。

オオオニハスの　種よりも
しぶとく
永く
うずくまっている
拳銃弾。
赤道を　越えた
ビルマ帰りの
しゃりこうべに
白白と
さらされた　意識が
ころがっている。

的を掘る

立ったままの生木《なまぎ》をえぐる
少年の目は赤かった。

標的のペンキが
きれぎれにとび散り
いくつかの
ひしゃげられた鉛は
樹液の白い粉をふいていた。

古木の皮をはいで
点点と喰いこんでいる
弾痕。

拳銃片手に
月に何人かのCOWBOYが
この奥地を訪れるという。

そして施してゆくのだ。
生身を割くほどの執着に
拡散された
的が

今しずかに
擬せられた
銃口の前に
はだかる。

とてつもなく　高く
直立した杉の
てっぺんにまといついている
めぐって来た
春の
日ざし！

かもの群れ

この町に
はじめての
新参者。
朝一番の
コケコッコーに
ぬけがけの
ぎょう倖と
当てこんだが。

職安への
途中
不審尋問に
ひっかかり
挙動不審のため
せっかくの時間を
交番所で
たっぷり
しぼられたという。

なにしろ
午前0時半の
起床とあっては

つじつまの合わなかったのも
道理。
ここでは
誰も
夜明けを告げるのが
にわとりなどとは
少しも思ってない。
奴は思い出したとき
いつでも
鳴く。
それで
寝つかれない男の
反感を買い

朝ともなれば
砂つぶての
一、二発は
日課のように
くらう。

生涯。
ぬかと葉っぱの
まぜ合わせに
ありつき
下水の上に
しつらえた
せせっこましい

小舎で
フンをたれ
液をだし
生産に
むらが出はじめると
つぶされるが
おち。
それでも
味だけは
まだ
にわとりの
うちだそうだ。

たしかにそういう目がある

朝がた
閉めきった　部屋で
アースを　まいた。

道を断たれた　蚊が
もつれ　ざわめき
冷たい　ガラスの肌に　死にたえる様を
私は心ゆくまで　眺めていた。

面白いまでに　死んでゆくのだ。
断末魔の羽交いを　ながくくねらせて
ぶーんと　一廻り息たえてゆくのだ。

白んだ　窓に　噴霧器を向け
小人の国の　ガリバーのように
私は　私の部屋を
ふまえて　いたのだが、

蚊が　落ちてゆくほどに
世界を　区切り
じっと　見つめている　もひとつの目を

私自身　背中に　食い入らせたまま
小さな箱の中で　くぎづけにされていた。

謝肉祭

――葬ってはならないその死者はものが言いたいのだ――

牛の品さだめなら
殺してからだな。
労力なんて古い話さ。
奴の本命は
肉だよ。
肉。

かこわれているものなら

養うに足るね。
充分。
選り好みで
ぽっくりいかせる。
それも至って〝自然死〟でだ。

なんの変哲もない
俺の革バンド。
奴の変身が
奴をひっぱたくのだ。
首を絞めるのに
理由があるか？

牧場に屠殺所があったとて
それは　牛飼いの
オートメーションというもの。
商売はなるべく
手広いほど都合がいいんだ。

古いものは
そうざらえで
スープに叩きこもう。
風化した　骨は
粉に挽きゃいい。
十頭もの獲物がありゃ
今年の祭りに

ことは欠かない筈だ。
もっぱら新しいものといこう。

小山羊るいは
丸焼にして
輪切りにしたものを
卓にならべて
今年最初の獲物は
清見ちゃんだと
メニューをふって
歯に自信のない
お歴々のためにも
挽きたてのミンチボールを

うんと　準備して
乾杯には
とっておきの久保山づけで
内臓入りのアルコールを
そんなり乾《ほ》して
一切のしめっぽい歌を
かんべん願って
お祈りは
胃ぶくろ様に　まかせてしまおう。

食わずぎらいの　お前が
何に化けようと
仮装行列のどこかに

入りこんでいようと
お前は　もう
お前をだませっこない。
もう烈な　食欲。
山もり　盛られた
記録の　ヒーローたち。
頭ごなしに
ざんぎりにして
食う気になるまで
十年がかかったと
お前は　お前に
打ち明けるがいい。

浮いた　歯ぐき。
ふき出る　血あぶく。
黒ずんだ　皮ふに
ふにゃけた　肉。肉。
十一年目の　今日を
俺たちが　食いつくす。
これ以上
切り売りされていられるか?!
死んだ奴もさることながら
なま身の　俺が
これ以上　腐ってはいられない

人肉市の

カーニバル。
公証人には
どいつを選ぼう？
奴か？
お前か？
それとも
頭でっかちの
俺か？

おーい。
年に一度の
お祭りが
原子雲に乗って

やって来たあ。
（逃げろ　逃げろ。
　喰って逃げろ。
　俺を殺すに
　　理由はない。）

発情期

無作法にも
奴らはやってのけた。
大通りで。
かぎ型にひんまがった
一物をのぞかし
好奇の衆目の前に
今しがたの愛戯はふっとんだ。
まったくの恐怖。

股間からの綱引きは
目を血ばしらせ
いよいよ歓呼すら交える衆目は
リングまでを移動した。
車が止まる。
はりがねの環を片手に
市衛生局員が降り立ったとき。
一切の勝負はついてしまった。
さしものたがねも
すっぽり抜けて
奴らは囲いの中で離ればなれになった。
電光石火の早業!
キャン!!

男が宙吊りの間に
女は囲みを破ったのだ。
白衣は総出で
片割れを追った。
野郎は車の中のかなあみで
たれっぱなしの一物をなめていた。
しかも丹念に舌までが赤かった。
舌打ちをしつつ
白衣が帰ってきた。
女もああして
的確に受けとめたあとを
どこかの物かげでなめている。
鞣めされた皮が

市場に出まわるころ
女は五倍もの遺児を産み
女は買いたての手ぶくろで
男に連れそっている。
そしてこの現場の上を通っていく。
次の誰がどうなろうと
たかる衆目に変化などないぞ。

無風地帯

ぼくがぼくであるとき

金君は
憂うつ。
好きでもない国の
選手たちに
応援している
自分が
憂うつ。

金君は
朝鮮人で
彼らも　また
朝鮮人で
その　朝鮮の中の
北鮮派が
金君で
そのまた　朝鮮の
中の
韓国人が
彼らで
オリンピック出場予定の
サッカー選手。

予選のために
はるばるやってきた
かけがえのない
同胞たち。

それでいて　なお
金君は
北鮮派。
それでいて　なお
彼らは
韓国派。
金君は
パルゲンイ（赤）で

彼らは
白で
金君は
金日成で
彼らは
李承晩で
こんがらがった頭の中に
渦がまいて
わあーっと
かん声がわく。

どうしたんだい？
守りとおしたんだよ！

守りとおしたんだよ！
ピンチを脱した
昂奮に
心もそぞろの
親友
木場君。

と言っても
このことばかりは
なじめない。
二点の負い目を
背負いこんだまま
前半が済んでは

なおさら
憂うつ。

いやんなっちゃうねえ。
なに大丈夫だよ。
　日本が勝つから！
木場君は
大の
朝鮮びいき。
それも　その中の
北鮮びいき。
李承晩が
きらいで

韓国が
好かんで
それらと接戦してる
日本が
気がかりで
北鮮派の
金君を
同意見の
つもりで
コップを取るのも
あたふたと
テレビに見入っては
膝をぬらす。

ああっ
　もうだめだ！
同点にこぎつかれた
衝動に
木場君の
顔は
すっかり
蒼白。

大丈夫だ！
〝もう〟と言うのが
気がひけて

金君は
自分に
つぶやいた。
いやいや
　あのくそ馬力ではなあ!?
木場君はなおも
味方でいる。

(一体君はどっちなんだい!?
韓国を勝たすつもりかね?
それとも負かすつもりかね?
ぼくにもわからない。
ただ〝朝鮮〟が勝ってほしいのだ。

何を言っている！
あれは韓国を代表した
選手団なんだぞ！
李承晩の力の誇示を許すのか!?
もう言うな！
そのことでぼくの頭は今一ぱいなんだ。
その〝朝鮮〟が探せなくてな！）

試合が済んだ。
試合が済んだ。
同点のまま
引分けになった。
すっかり

木場君は
有頂天で
さかんにテーブルを
叩くので
コーヒー茶碗まで
浮かれだし
身おものままでは
苦しいと
そこらへんに
ふるまって
水とお茶とが
くまどった
世界地図に

ほほづえついて
ぼくらは待った
抽せんの結果を。

おめでとう！
木場君。
コーヒーがまだ
残っている。
のんで出ようや。
君もよーく
知ってのとおり
朝鮮には
国が

二つもあって
今日出たのは
その片方なんだ。
いわば
片足で
ボールをけったのだ。
今日は
ぼくが
おごるよ。
両足そろったとき
そのとき
そのときは
君が

おごってくれ。

では
ぼくのかわいそうな
片足のために！
かん杯！
かん杯！
でも歩けるのかい？
なれっこさ。
そのなれっこが
いけないいんだね。
きっと。

きっと。
そうかもしれんね。
いい天気だね。

裏庭

ひょろっ　と
長いのではない。
ひょろ　ひょろっ
と　長いのだ。
一途に
太陽を求めて
物ほし台のわきに
顔をのぞかしている

一本の木。

なんという木だっけなあ？
六尺余りも
背のびして
葉をしげらせているのは
てっぺんの方だけ。

そのよじれたような
葉うらの一つに
虫がいる！
しがみついたように
生きている！

庶民のもつ
みどりの許容量と
虫に必要な
みどりの許容量と。
もぞっ　と
動いた
虫の　決断に
差し出した手が
葉うらを返したまま
七月の太陽を
まぶしく
仰ぐ。

真下は
奈落の湿地帯。

鍵を持つ手

昼食の終わったところへ
達雄君の事故が知らされた。
その瞬間　ぼくは
この少年の生涯が決定づけられたような気がした。
めったに挾まれない
パープレスの歯車に嚙まれて
右腕を腋のつけねから落としたという。
正確無比なその軌道。

めったにない事故だから
カバーがなかったのだろうか？
それともカバーがなかったから
事故がおきたのだろうか？
いまわしい記憶がふえたといって
そのパーを取払いはしない。
むしろできない　小さな企業《くらし》。
くわらん　くわらん
と　地ひびきを立てて
誰かが達雄少年の
そのあとへ坐る。
そして　正確無比な腭《あぎと》の中へ
間隙をぬう地ねずみのように

油まみれの掌が延びちぢみする。
かくて出来上がった
錠前。
安全を保障された
鍵。
留守がちの家人が
玄関を閉め
かすがいをかけ
錠はこともなげに
パチン　としまる。

日曜日

買物とて
ゼニがあるわけではなかった。
列に従っていたら
電気掃除器のように吸い上げてくれた。
二階へ着いた。
ぞろぞろ数歩あるいただけで
おじぎをされた。
私は鷹揚に

立ったまま三階へ上がった。
三階でもお礼を言われた。
満更でなかった。
お金があったらなおいいと思った。
五階へ着いた。
礼はふんだんに受けることができた。
私たちはひとしおみじめになったのか
偉くなったのかわからないまま
七階へ着いた。
その先は行きどまりだった。
降りるためのエスカレーターはなかった。
妻と私は十四曲がり半して
地上に降り立った。

人はひきもきらず
立ったまま吸い上げられていた。
外ではプシップシッと
エアーハンマーが鉄柱を打ちこんでいた。
地下数十尺のところへ
つっ立ったまままめりこまれていくのだ。
その下に岩はないのか？
あいつの力が見たいと思った。
かい間見た目に
ハンマーは私の頭上で躍っていた。
期待は二百円で落ちつかすことにした。
ビヤダルのようにふくらんだ場内で
スクリーンはすっかり

夫妻を枯木のようにつからせた。
人ごみの中の無口な妻に
私はどうあらねばならないかを
自分に聞いては打ち消した。

日本の臭い

ぼくに初めて
日本のお友だちができたとき。
その君の
家に行ったとき。
あの臭いはたまらなかったね。
がん丈な塀に囲まれた
門構えの奥は
なぜ　ああも暗かったのだろう。

臭いで一ぱいだった。
その臭いが
柱や　羽目板にしみこんで
芯からかびているみたいだった。
まるで　出口がないみたいに
立ちのぼる煙は
一団となり
梁を伝ってゆらめくのだ。

×

クジラのテキがあるからと
よばれて上がった
彼の家だったが

規ぼこそ違え
やはり同じものが置いてあった。
同じものが昇っていた。
南極のクジラを喰う
俺たちに
線香。
線香。
脂の臭いと一しょになって
戦争の名残りが
今も
祠られていた。

みんなには

その臭いが嗅げんという。
ただぼくの
ニンニクくさいのだけが
鼻につくんだそうだ。
そうだろうなあ——。

道路がせまい

すれ違う大型バスにせきたてられて
ごみとり車が
前のめりにのめっていた。
ゴムびきの黒合羽をはたつかせ
息せききっている地方公務員。
勤続二十年で年金がつくとは
はてさて永い道だ。

ちょっと待っては上げられないものかね⁉
やたらにブザーを鳴らし
のしかかるように迫っていた
市バス。
ものうげな小旗を二本も立てて
秋雨のけむるせまい道でじれていた。
天皇が大阪に来られたという日の
朝。

若いあなたを私は信じた

いや。
いや。
若いあなたが断るはずはない。
突然問われたので
とまどったのだ。
きっと。

それに

午後の
閑散な電車だったから
何人かの
好奇の目が
気になるってことさえ
ありうるではないか。

そうに決まってる。
いくらへんてこな
発音だと言って
老いた朝鮮の婦人を
若いあなたが
無視するはずがないのだ。

あなたは答える。
今に答える。
まだまだ先ですから
どうぞ座っていなさい
と
あなたは答える。

私はあなたに
賭けたっていい。
京橋が過ぎたが
〝ツルハシ　ノコ？〟
が　くりかえされたが

あなたの母は
そっぽを向いても
あなたは　まだまだ
はじらわねばならない
自分の目をもっている。

森之宮を過ぎたころ
母が立たれた。
それにせきたてられたように
あなたも立たれた。
これは何かの間違いだ。
顔だちのやさしい
あなたが

私の大好きな
日本の娘さんが
それほど偏見に
もろいはずがない。
それにもまして
若い世代を
裏切るはずがない。

賭けの余ゆうは
まだ残っている。
この電車の止まったとき
そのときが私の勝負だ。
私はあせらない。

母が大股に
私の前を通りすぎ
うつむきかげんの
あなたがそれに続いても
賭けはまだ終わったわけではさらさらない。

ゆるやかに
ホームが止まる。
スピーカーが場所を告げ
自動扉が道をあける。
母が出る。
私が立つ。
老婆が外へ首を出し

あなたの白いたびが
ホームの谷間へ浮き上がる。

ツギが
ツ、ル、ハ、シ、ヨ。

瞬間の永遠。
あなたの示された
指先と
しきりにぺこぺこ頭を下げる
老婆の間に
ガラスがはまる。
母はホームの端。

あなたは中央。
私は老婆と
動く電車の中。
たとえ私が負けていたとしても
母よ、あなたを私はなじりはしない。

ニュールック

悦にいっていた　その目。
どうだ　おもしろまっしゃろ！　という。
腕は大したことないが
通いつけの気安さに
頭をゆだねている　ぼく。
五十がらみの　禿げ上がった頭に
それでも　商売がら
残り少ない毛を

こよりのように　より分けて
鋏を使う。
〝何しろ一つの保温器で二つを生かしまんのでなあ……〟
相づちのないのが　いささか不満なのか
水銀のうすれかかった鏡の中で
あごを　しゃくる。
ガラス張りの四角い水槽の中
もう一つの平べったい　丈ながの鉢が入れてあって
金魚の何倍もの値がつくという
エンゼル・フィッシュが沈んでいる。
金魚じゃ　頼りがなくて
ピラニアは手に入らぬかと真顔でいうのだ。
なあるほど。

天国と地獄の隣り合わせとは
よくよく考えたものだな。
第一せっかちな　きゃつが
傾けてまでくれた後頭部を
見逃すはずがなかった。
南米の澱んだ　河床に
うつ伏せた　雌牛。
　ざきっ　ざざきっ
血管を　喰い破って
沸とうするピラニアの歯歯――。
細めに開けた
目に
これは　また

なんとしずかな
ちんまい
おっさんの
頭か！

異様なまでの　ぬくもりの中で
水玉はガラスに　みみずと孵化し
かくて
鼻つき合わせた
彼と　ぼくとの間に
一つの生活が　調整された。

無風地帯

——Rにおくる——

ねしずまった　風が
そこで待ちうけていたのだ。
あっ
という間に
俺がふっとび
妻が死んでいた。
口から火を噴いて。

高圧線と
隣り合わせた
生活。
夜中の突風は
副木をたおし
赤い蛇の舌を
門口に吊るして去った。

人らが
過ぎた嵐を
話しあっているとき。
早出の妻が
自分の家の

すぐ　そこの
出口で
消えた。

表彰

天気晴朗。
巽神社に
氏子勢ぞろいし
ダンジリ
出番を待つ。
神主
おもむろに
のたまわくは

すぐる日の火災に
わが身
わが家を
かえりみず
焰の中より
ダンジリを救いし
忠太と
その息
一平。
今日の佳き日に
町内一同にたちかわり
父子の義俠と
その信心に

深心の
謝意を表せり。
消防団長
金一封を名乗りいで
町長代理
夏の日ざしも
ものかは
黒装束に
白手袋。
幅ひろの
褒状を
読みあげぬ。
鐘たいこの

囃子もめでたく
この町に
生きこし
ダンジリ
むかでにもまして
足を持つか。
忠太の三男
もらいはっぴにて
身を固め
棒アメをしゃぶりつ
列につづくも
赤子を背負いし母
かりやどの

やしろの軒にて
夫のはやす
ダンジリに
玉あせをふきふき
聞き入っておりぬ。
汝もまた
ここではぐみし人なれば
心そぞろに
たのしかるらん。

運河

大雨のあと。
ぼくは橋のたもとに立っていた。
ほかにもたくさん人がいて
さお竹かた手に見つめていたが
目ぼしいものとて浮いてはこなかった。
満をじした濁水に
流れてくるのは　ナッパくず、
わらくず、木ぎれるい。

たまにすくった小魚にも
人らは色めいて見にいった。
なんと小さな
この執着。
今に金目のものでも流れてきたら
さあ　大変。
運河よ、いつまでもきたなくていい。
ほんとうに皆は飛びこむかもしれないんだよ。
紙くず、わらくず、なっぱくず、
いついつまでも同じものを運ぶがいいよ。
ようやく黒ずんだ屋根に
あわい夕日がさしこんで
拾いきれなかったゴムマリに

子供らが石を投げきるまで
ぼくは橋のたもとに立っていた。
運河を見つめて立っていた。

一万年

ぐらっとゆれたとき
あの腹が
ぼくの鼻を　ちっ息させた。
じっとり汗ばんだ
ワンピースの触感に
ぼくは　そうして
身ごもってしまったのだ。

ぼくの産みおとす子が
女であったばあい。
彼女は　また
太鼓腹になるであろう。
ぼくの産んだ　男の子が
成長したとき。
奴はまた
太鼓腹を　つくらすであろう。
間違いのない事実に
ぼくがいる。
ぼくのおやじの　またおやじが
おやじを産み
そのまた　おやじのおやじが

おやじを産んで
このぼくは　連綿と
太古につらなっている。

その腹の重みに
ぼくは　はじめて
席をゆずった。
あまり　体の自由はきかないとみえ
ドスンとしりもちをついたとき
バスは　大揺れにゆれて
炎天下のまっ白い道を
八月六日の　どまん中に達していた。

処分法

土堤の　上から
御葬儀を　見ていた。
白昼公然の　虐殺を
この目は　はっきり　見とどけていた。

「立入禁止」の　立札に
犬の子　一匹　近よれない
こんな世界が　いつの間にか

大阪の一角に　巣くってしまった。
ガレキのつまった　埋立地を　掘りほり
二千数百貫もの　大量を
芝谷処分場は　処分したそうだが
埋ずめ　つくしたのが
魚族だけ　だとは
私は　どうしても　信じられない。

マグロが　等身大なのも
おどろか　されたが
一つの穴に　ぶちこまれたまま
ガレキで　おしつぶされるのには　目をみはった。

私は　以前にも
このような　葬《とも》いを　知っている。
焼けた　死体は　たしか　黒こげだったのに
時代は　生《なま》のまま　殺し去っていた。

白い手

――オルゴールよ、君はなぜ一ふしの歌しかしらないの？――

がらんどうの
部屋に
小箱がある。

聞いて
聞いて
聞きなれたところの
歌がある。

時計の
針のように
軌道にはりついた
はじめだけの
歌がある。

同じことの
くりごとで
それだけの
同じ仕草で
十年がたった。
十年が鳴った。

小さい箱。
小さい箱。
めしいた子供の
小さい箱。

昨日と同じ
音色が流れて
朝のつづきの
音色が鳴って
蓋を閉める。
蓋を開ける。

小さな　小さな
原爆孤児の
白い手。

私の家

これじゃ助かれへんなあ。
広島の千倍もあるんですって！
　そんなに大きいのかい？　たったの10メガトンが……。
どうせやるんやったらでっかくやれだ！
なんで？　お父さん?!
　すぐに死ぬるからでしょうよ。
お母さんそれでいいの？
　　いいも悪いもあるもんか！

そうさ、まったく！
　仕方がないのよ。私たちでは……。
お兄さんまで　そうお？
　　きまってら！
　さあさあそんなことより勉強おし！
勉強したって始まらないわ！
　同感々々。どうれ映画でも行こっと！
　力道山の世界制はだ！
大っきらい！
　ひばりのもあるんだぞ?!
わあ　父さんあたしも行かして！
　しようのない子らね。
ほんまにしようのないやつらや。

おっとっともう七時がまわってんがな。おかあさん
　はよまわしんか！
ちがうちがう　エンゼービーエンゼービー
そうや、トラゾーやがな！

猪飼野二丁目

俺の逃避は
まったく　ここで断たれた。
手なれぬ　荷物の重みに
新地をよぎったのはいいが
この十間道路の奔流に出会うと
すべてが　ストップだった。
ゴーストップが　ないまでも
渡れたものでない。

また　ゴーストップがなかったら
抜けられそうもない。
両足を　つっぱり
かろうじて　ハンドルを支えている
俺の向こう。
たしかめた　シグナルの背後に
のし上がったような
巨大な煙突。
焼場。
赤レンガの口を染めて
師走の空へ　ほそぼそ煙がたつ。
かたまりのような流れの中を
今更のように甦る　地点。

猪飼野*の入口にたどりつくには
俺でなくとも
懸命のベルが必要だったかも知れぬ。

＊猪飼野＝生野区における朝鮮人の密集地帯でもある。

あとがき

行動範囲の非常にせまいぼくにとって、〝日本風土記〟という命題は必ずしも適切なテーマであったとはいいきれないだろう。しかし日本に住んでいるという事実をややもすると偶然な出来ごとに終わらせやすいぼくらにとっては、どうしてもこれだけの大上段な構えが必要だった。いうなればぼくが日本に住むかぎりの、ぼくに課せられたテーマであるという意味においてだ。それだけにぼくとしては、自分の創作活動と、日本の現代詩運動との結びつきをもっとも気にしないではいられない。毛頭「朝鮮人」という特殊性を売物にする気持はもち合わせてないから、望めることならこの詩集も日本の現代詩運動の線上で読んで頂ければと思う。そして容赦のない批判をしてくれる友人があったら、なお幸いだ。ぼくが祖国朝鮮へ帰る日、ぼくはその批判を自分の成果として持って帰りたい。

この詩集は「現代詩」編集部の力添えと、国文社主前島幸視氏のご好意によって産声を上げている。一昨年の処女詩集がそうであったように、このたびも例外なく多くの知人先輩をわずらわしてしまった。特に、黒田喜夫、康敏星、長谷川龍生諸兄の下さった労力については、一面識もないぼくに装幀を下さった吉仲太造氏とともに、ぼくの永く忘れないところだろう。

なお作品は、去る六月末までの四十余へんの中から二八へんを収録し、残りの三ぺんは『地平線』から再録した。「韓国」という隔絶された世界で、一人子のぼくにすら見はなされたまま死んでいった父に、せめてものこの愛うすき詩集をおくる。

一九五七年十月、父死去の詳報を受けし日

大阪生野にて　著者しるす

復元詩集

日本風土記 II

見なれた情景

カメレオンのうた

俺は時間を升で量る。
南京袋のような胴体から
昨日と今日の
痴呆けた日日を一いちよんではいられない。
女だけでも一束はおった。
これも量目のうちなら
放出した精液は何升何合とすべきだろう。
正確に云って

俺の過去は何斗分に相当するか？
汲み取らぬまま放置された
共同便所のように
種種雑多な記憶が
このせまい頭蓋骨の中で群雄割拠だ。
一国一城の主ばかりの中で
俺の中心がうまく抽軸をとおってる筈がない。
俺がかたくななまでに
ある一つの自尊心にとりつかれるのは
俺の脳髄の内部がこうだからだ。
もしこれを量りにかけるなら
このちっぽけな豆腐の集りは
原子核のそれよりも重いことであろう。

融通の効かないことおびただしい。
だが、俺はそれでその道の天才ともなったのだ。
なんの矛盾も感じないばかりか
少しの苦痛もなしに
全然別な芸当を同時にやってのける。
俺は清教徒で
獣慾主義者だ。
ベアトリーチェに恋をするかたわら
ストリップのへそのうねりに別のハートが誕生する。
俺は共産主義者で
資本主義者だ。
無理して〝資本論〟とやらを飾ってはあるが
未だその金もうけの方法をとくと吟味したことはない。

せめてアカハタ振りの役柄で
白昼堂堂二ちょう拳銃を腰にぶらさげ
酒場に入りびたっては
銀幕をぶち抜いて溜いんを下げる。
しかも俺の趣味の範囲は広い。
目まぐるしい労働の騒音を好むと同時に
俺は典雅な閑静さを必要とする。
そのためにはなけなしの金をはたいてまで
いっぱしの文化人となるのだ。
脂気のない胃袋でも
コーヒーはブラックで呑まねばならぬ。
そしておもむろに
初めのほんの数節だけでこと足るはずの

長時間盤を所望する。
細めた目に
屈託のない同胞の姿が映ると
とたんに無作法な朝鮮人がいやになってくる。
俺は飛びだす。
買出しのばあさんに出会う
俺は腹が立つ。
くず拾いのじいさんにすれ違う。
俺は義憤を覚える。
俺の歩みは早くなり
服の色が襟元からだんだん赤く染まってくる。
そして俺は人民共和国公民としての肩をはる。
アメリカきらいの

韓国きらいの
李承晩きらいの
民団きらいの
日本きらいの
これでようやくまともな民族主義者になれたわけ。

○

このような俺に
会議の通知書が舞いこんで来た。
〈わが輩はロボット一族を代表する
総連の執行委員でもある〉
家のものに時間を問いただすと
午前とも云い午後とも云った。

俺は面倒くさいまま
いつもの癖で専ら胃袋にたよって出かけた。
会場では常任委員のお歴歴が
スローガンの張り出しに余念がなかったが
〝たぶん午後の二時になるでしょう〟
との話。
〝何時からの会議がですか？〟
〝御通知の通り午前十時からのです。
もっともこの時計は止まってますがね〟

○

総連の時計は
九時だった。

止まった時計の下で
俺は考えた。
午後の二時となると
おなかの中はペコペコだ。
第一この貪慾な胃袋様が承知しない。
俺は腹をさすり、さすり
立ち上がった。
動かない時計の下で
午後の二時を待つために。

種族検定

角をまがることで
彼と俺との関係は決定的なものとなった。
ふた停留所も先に
バスを捨てたのも
カギ型にひんまがる
この角度の硬度が知りたかったためだ。
異様なまでのねじっこい目が
はがね以上の強靭さで

元の直線にはねかえったとき
俺はしずかに歩をとめ
まず右手からおもむろに四肢獣になっていった。
きゃつが犬であるためには
それ以上の牙を俺は持たねばならぬ。
少なくとも犬にしてやられる人間でないことの証左に
俺は何かをしでかさねばならぬ。
よし、こいつを俺のカスバへ誘いこもう！
それに俺はこのところずっと空腹だし
第一日本へ来てまで追いつめられる青春にはもうこりごりだ。
空腹。もっぱら量でこなしてきたはずなのに空腹とはどうしたことか⁈
あの猫背のドクターめ
変なうす笑いを浮かべやがって〝日本人なみですなあ〟

だなんて！
ちくしょう。
潜在性B_1欠乏症による多発性神経炎とはつまりなにか、
瑞穂の国の白米を食いすぎたってわけだな⁈
かも知れん。
俺の発育期の朝鮮に米がなかったことだけは事実だ。
だが　それがどうしたというのだ⁈
どだい肉食の習慣が俺たちになかったことがより問題ではないか！
俺はも一つの角をまがった。
そして後向きに佇ずんで
奴との距離をちぢめた。
俺は昨日まで
その角は俺の痕跡をくらますことのためにのみ存在した。

だから俺の進歩と逃亡とはいつもシャムの双生児だ。
どっちかを切り離すことが
どっちかも死ぬことになる。
そうだ。
奴がおそいかかる至近点から
同時に俺もあそこへ飛びこみゃいい！
俺の半生がそうであったように
俺の余生もきっとこうだろう。
俺の延命はいつでも変転の間際で図られてきたのだ。
なにも今日に始まったことではない。
俺はゆっくりと
奴との視点を合わせたまませまい通りをよぎりはじめた。
奴の歩行が止った。

反りぎみに上体がかがんだ。
疾風にあふられたように
俺はもんどり打って叫んだ
〝**犬だァ！**〟
脂くさい土間が総立ちになった。
奴は俺におおいかぶさるようにして
親愛なる同胞にしめあげられた。
正真、親愛なる同胞に！
脂とにんにくと人いきれの中で
俺は当然の報酬を待って云った。
〝夏はやはり犬汁《ケジャン》ですなあ……！〟
鉢を取りかえていた女将《アジュモニ》がけげんそうにまじまじと俺を見た。
そして振り向きざま

〝おっさん、こいつも犬やでェ!〟
一切の聴覚が断ちきられ
一本の杭につながられて
奴の執拗な執念にうずくまった。
条件はちっとも変ってはいない。
四肢のほとんどを折られたまま
奴がにじり寄っていうのだ。
〝外国人登録を見せろ〟
〝登録を出せ〟
〝登録を出せ〟
俺はすなおに答えて云った。
生れは北鮮で
育ちは南鮮だ。

韓国はきらいで
朝鮮が好きだ。
日本へ来たのはほんの偶然の出来事なんだ。
つまり韓国からのヤミ船は日本向けしかなかったからだ。
といって北鮮へも今いきたかあないんだ。
韓国でたった一人の母がミイラのまま待っているからだ。
それにもまして　それにもまして
俺はまだ
純度の共和国公民にはなりきってないんだ——‥
おっさんの手ごろな薪が
奴の詰問を終わらせた。
一撃、
二撃、

三撃
めが俺の脳天に喰いこんだ。
囲いのような裏庭で
青白い日輪が三つも四つも舞い狂った。
遠い耳鳴りのように甦えってくる蟬のうなり。
たしかに俺が這いつくばったのは
邑内のほこりっぽい大通りだ。
銃床がけずりとった溝っぷちの断面に
親指大のみみずがでらでら汗をにじませてのたうっていた。
〝こいつは赤狗《パルゲンイ》でもザコだで！〟
鼻先で流暢な朝鮮語をあやつっていたＧＩ靴が
俺の頤をけ落とした。
かげりを得たみみずが

俺の喉元でながながと躍動をゆるめていった。
〝この犬はまずそうだな〟
ザコだな、まずそうだな、ザコだな、まずそうだな、ザコだ……ナ…
潮が引くように視力が遠ざかった、声が小さく、細く、
けしつぶになって消えた……。

青白い日輪の乱反射に舞う種族不明の登録証！

歯の条理

（俺はネズ公を飼っている。）
　これは内証だが。

まあるい　ガラスの
容器に入れ
屋根うらで
奴らが　とみに
騒ぎたてるときほど

俺は　こいつに
ごちそうを奮発した。
まだ　間はあるが
今にこいつは肥える。
そして　その歯が
延び放題になる
うふふふふ。

虎に似て　似ざる
猫め！
（もっとも、ライオンまでが
今ではニューヨークの
檻の中よりほかでは生れないというが……）

野郎。
一度だって
獲ったネズミのことで
家の食事を減らしたことがあるかい⁈
このことに気づいたのは
なんという冥利だろう。
かくて
俺の生計は一変した。

まずネズ公連に
調停を申入れる。
おびえなくとも
いいように

毎日あらされる
その分だけ
ちゃんとしたごちそうの配当を
確約する。
そして
俺の保障による寝食を
このガラスの容器で
してもらう！
安泰なる一生。
相互に保障される
平和！
もうすでに
猫ならしの時代ではない。

すべて話合いによる
直接契約だ。

その余剰により
君は歯を蓄える。
猫は飢えて
本性に目ざめ
俺はゆっくりと
協約による報復を自適する。
容器は
円い。
あてがわれる奴は
のびるがおちだ。

俺はかじる。かじる。
円い地球の
表皮をかじる。

（三十年かじって
俺の歯はまだ一センチそこそこ！）
この自信。
容器は円い。
地球が円い。
飼われているのは
俺ではない。
君だ。
君だ。

俺はネズ公を飼っている。
そのネズ公が
容器の中でまわっている。
まわっている。
大気圏外どころか
大気圏内の
俺の容器でまわっている。
俺は立っているだけだ。
俺は見ているだけだ。
俺たちの間では
その「協約」が成立っていないばかりに
まだ君の入る容器が
ふさがっていないだけなのだ。

歯が立たない。
歯が立たない。
（地球がお前を飼っている。
これはぜったい内証の話だ。）

労働昇天

つい
今しがた
俺は十一人目の片割を手放したところだ。
奴の急きこみようじゃ
ものの二丁とはもつまい。
角か
さもなくば
安全地帯にのし上げて

そこの誰かを道づれにしている。
どのような奴が
砕かれるか。
その容貌から
昨日
しゃぶりつけの飴のしるをしたたらせた
服のしみまで
奴の非情さのお膳立は
ちゃんと俺がしつらえてある。
俺は　ここに　こうして
十三時間も座りとおして
この前近代的なメード・イン・ジャパンに
わが分身の一つ一つを組みこんできた

しめっぽい露路の
油にしゅんだ喧噪と鉄塵の中で
俺の青春が理由もなくほそってゆくとき
自走砲となったうつぼつたる憤懣が
間断なく街のどまん中へぶちこまれるのだ。
日に何十人となく
俺の手にかかった亡霊が街を埋めてゆく。
こいつらが一つの力にならないためにも
俺は決して特定の人間をねらったりはしない。
ただ殺す。
そのためにのみ
この時代がかった間口の土間で
手でまわすミシンのハンドルを組んでいる。

もうすぐ二十二時だ。
最後の本体をとりあげ
大ギヤーをつけ
ピニオンという小ギヤーをつけ終る。
把手を廻すと
8の字がたにギヤーとギヤーが嚙みあい
これで手廻しミシンのプーリーが廻る仕組となっている。
少なくとも
俺のドライバー一丁が
反共同盟の一大集大成を
日本の零細企業のどろんこの中でつなぎとめている。
これを必要とするのは
弓なり状の力の接点においてのみだ。

トルコ、イラン、パキスタン
そして台湾、韓国と
一たまりもない。
すばやくカバーの中へ押しこむが早いか
嚙みこまれる民衆のはみ出る余地をまったくなくしたまま
もっとも頑丈な洋箱にとじこめられるのだ。
間髪いれず
打ちこまれる鋲。
タタタタタ…
黒びかりするマシン・ガンにのけぞる
手廻し族ども。
マクシムの単身銃からしてすでに八十年。
今や引金一個の統制に

なんとみごとな落差の隊列をしいていることか。
彼らにオートマチズムを知らしてはならぬ。
それは銃口の威圧を無視することだ。
それにもまして
この俺のパンと特技がなくなることになる。
おお　わが分身よ！
出先地のいずこを問わず
このハンドルを握る一切の人間を殺せ！
この後進性をあざ笑うインテリも
あわせて殺せ！
それが湿地帯で食をつなぐ亡者ども
のただ一つの販路だ。
二十世紀後半の見境いをもたぬ者に

この殺戮は格好の自信と栄誉を保障する。
たとえば
こうだ。
こざっぱり着がえた俺は
三十分のちにここを出た。
空になったべんとう箱の
あのいやなじゃれつきを気にしながら
角をよぎった
時だ！
奴の美事な変身は
ダンプカーを乗っけてきて
あっ
という間に

俺を昇天させた
それで
十二番目の片割が
俺の俺になり代わって
あの組立場の仕上げ台に
おさまっていることになる。
このハンドルが
せめてあのダンプカーを撃ち抜く多身銃《サクソニア》になりはせぬかと
水平に
把手を擬し
日夜歯と歯を嚙みあわせるイメージに
自足してゆく
創造者を見るのである。

穴

対岸が
黄になると
男は
反射的に
左へ移行した。
すれちがいざま
市電が
スパークを発し

前方は
青にとって変ったが
忽然と
男が消えた。
安全地帯《セイフテイソーン》を下りたった
男の
今一つの理由は
多分
俺と
背中合わせだろう。
待ちくたびれた
者が
くびすを返す

あれだ。
街燈の
残灯にてらされて
手が
うごめいている。
彼が
必死なら
マンホールの
蓋を盗った奴も
必死だったのだ。
終発は一つ。
生きることの
相剋を

歩道に
片脚を下ろして
俺は
計算する。
対岸が
青になって
電車が
手前で
佇むだけの
余裕が
ないかぎり
俺は
彼を助けない。

今世代最低の
価格。
十三円で
少なくとも
四キロ半の
道のりを
俺はこれから
行かねばならぬ。
もしや
くびすを返したとき
息をつめてた
奴が
一気に

ここを駆け抜けたらどうだ。
永遠に
セイフティゾーンに
立ちつくす
俺。
これこそ
穴だ！

金時鐘コレクション

月報 1
第2巻
（第1回配本）
2018年1月

目次

藤原書店
東京都新宿区
早稲田鶴巻町 523

新たな詩世界を生み出した金時鐘

石川逸子

金時鐘さんの著作集が出るとの朗報。そういえば、時鐘さんが『朝鮮と日本に生きる』（岩波新書）で大佛次郎賞を、二〇一六年に受賞されたとき、お祝いに駆けつけたものの、風邪が悪化、入口に夫人と立っていらした彼と一瞬握手を交わしたまま、帰ってしまったのが一番最近の出会いだったなと。

一九二九年生まれ、私より四年だけ年長の詩人は、もう八十八歳のはず。果してお元気かしらとインターネットで検索すると、どうしてどうして矍鑠《かくしゃく》として様々なところで講演していられてうれしくなる。

コリア国際学園のＨＰには、「詩とは何か」をテーマにして「詩とは芸術の源泉である」という言葉から始まり、コリア語と日本語を混ぜて進んだ講演は、「中等部の生徒たちにとって少々難しい内容ながら、金先生の情熱的で論理的な話と生徒たちへの愛情があふれる姿が印象的でした」とある。白髪の写真からも、はるか後輩たちに慈しみをこめて語っている表情がくみ取れる。

大阪では「戦前回帰の時代に抗う詩人の魂」と題した講演も。

そう、この日本はたしかに戦前回帰もいいところ。憲法改正・安保法制賛成と排外的な政党がやたらに跋扈、軍産共同体牛耳るアメリカに追従、朝鮮民主主義人民共和国に向かって牙をむく。沖縄ヘイトのなか、自衛隊が米軍基地建設のため辺野古《へのこ》に資材を運ぶ。

そもそも朝鮮半島が分断され、いまだに休戦状態なのは、もともと日本が強制的に植民地支配したことに起因する。日本に密航せざるを得ないように時鐘さんを追いこんだ、済州島四・三事件にしても、米占領軍ホッジ中将の声明により、朝鮮総督府の機能・権能がそのまま踏襲され、親日派が大手を振って返り咲いたため。

であれば、まず、日朝平壌宣言（二〇〇二年）を誠実に履行し、裂かれた二つの国を和解させ、休戦を終結させるよう努めるのが、日本のせめてもの贖罪のはず。

ところで、時鐘さんと直接に（それも他の方々とともに）お会いし、ほんの少し口をきいたのは、小野十三郎賞選考委員だった二年間だけなのに、畏敬の念を持ちつつも、親しく感じてしまうのは何故だろう。

四・三事件をはじめとして辛酸といえる生を生き続け、厳しい自己剔抉《てっけつ》、詩は無力だからこそ純粋さを保ちえる、ゆえに詩を書き続けるのだという覚悟のひとは、会えば全身からゆったりとユーモアが漂う。きっと良質なユーモアは、その苛烈な生涯と広い視野から生まれ出るものなのだろう。

がん丈な塀に囲まれた／門構えの奥は／なぜ　ああも暗かったのだろう。／臭いで一ぱいだった。／その臭いが／柱や　羽目板にしみこんで／芯からかびているみたいだった。

（「日本の臭い」より、『日本風土記』所収）

軍事境界とかのくびれた地層では／今もって羊歯が太古さながら絡んでいる。／見る夢までが　そこでは／化石のなかの昆虫のように眠っている。／その石にも渡る風は渡るのである。

（「化石の夏」より、『化石の夏』所収）

ゆっくりと噛むなかで、じわあっとその想いが体全身にひびいてくる詩群は、在日であるゆえに、日本詩人にはなかった新たな詩の世界を生み出すことができたといえる。そこには、日本官憲に幾度も逮捕・投獄され、ついに北京の監獄で獄死した李陸史《イユクサ》の、或いは福岡刑務所で獄死した尹東柱《ユンドンジュ》の、詩心と精神が、根を張っているにちがいない。

とんでもない日本の現在を、その手法で今後も容赦なくえぐり出していって下さい。金時鐘さん。

（いしかわ・いっこ／詩人）

金時鐘さんと私

たかとう匡子

金時鐘さんといえば私にとっては詩の作品より前に高校教師金時鐘の印象が強い。金時鐘さんが教育史上日本ではじめて朝鮮人公立高校教員として兵庫県立湊川高校に赴任したのは、一九七三（昭和四十八）年だった。

当時は全国的に高校紛争はなやかなりし頃で、すぐ隣りの私の勤務する高校でも、生徒の不満が教師にむけられ授業が成り立たなくなったり、暗くなるまで一方的に教師側が罵倒される話し合いがつづいたりした。『壁に挑む教師たち』、『落第生教室』という湊川高校教師集団の教育実践記録が本になったのもその頃である。その湊川高校に朝鮮語科が開設されて、金時鐘さんが朝鮮語を教えに見えていて、誰言うともなく「金さん体張って頑張っとうで」、「生徒とむきあって、一歩も引かへんそうや」と、うわさは私の職場にも流れてきた。「湊川に学べ」、「金時鐘につづけ」といったことばが教研集会にも持ち込まれてきたあの熱い時代の金時鐘さんを、今、懐かしく思い出している。

そんなこともあって、ずっとはるか遠くの憧れの人だった金時鐘さんには、私がたまたま小野十三郎賞をもらったことで名前も覚えてもらって、いちどに近くなった。こんなに親しみぶかい金時鐘さんだとわかっていたら、私も十八歳から詩を書いていたのだから、もっと早く私からあの当時の懐かしい時代のことを話しに行っていても良かったのにと思う。それは三十五年という、流れた時間の私の思い出である。

今、私の本棚には『新潟』、『猪飼野詩集』、『光州詩片』、『わが生と詩』、『失くした季節――金時鐘四時詩集』、『なぜ書きつづけてきたか　なぜ沈黙してきたか』、『朝鮮と日本に生きる――済州島から猪飼野へ』などがある。このなかで、コピーして綴じたものしか持っていなかった『新潟』は、ふとしたきっかけから藤井貞和さんにお話ししたら、「書庫にもう一冊あると思う」とわざわざ取りにいって届けてくださった。藤井さんは一九七〇（昭和四五）年、構造社からこの詩集がはじめて出版されたとき立ち合ったおひとりで、藤井さん自身はこの過程をとおして金時鐘さんの存在を知ったということである。

また『失くした季節――金時鐘四時詩集』を読むと、心に染み入るように抒情が伝わってくる。サブタイトルの「四時詩集」の「四時」は春夏秋冬の四つの季節（金時鐘さんの四時は夏秋冬春）を題材にされている。けれども日本の近代詩によくある季節の機微を心情として歌うふつうの抒情詩ではない。ふつうの抒情詩は私だけだけれども、金時鐘さんの私（＝個）は、私をとりまいている全状況とともに徹底的に掘り下げて、現在時を大事にした抒情詩である。おそらく金時鐘さんは日本の植民地下の朝鮮でむりやり孕まされた日本語表現を駆使して、ラディカルな位置をけっして崩さず心情を歌う、それが金時鐘さんの抒情詩の特徴なのだと思う。

ところで、金石範・金時鐘対談集『なぜ書きつづけてきたか なぜ沈黙してきたか――済州島四・三事件の記憶と文学』には、金時鐘さんが四・三事件を逃れて、命からがら日本に辿りついたときのことが語られている。

――六月五日の真夜中に、後から分かったけど、大きい松が茂っている浜辺だったから須磨じゃないかと思うんですけどね、上陸した。

――線路から遠くなかった。どこにいるのかわからないけど、今でいう須磨だと思うんです。

金時鐘さんはしきりに辿りついたのは須磨じゃないかと言い、年譜にも「六月初旬、深夜、神戸沖（須磨あたり）」とある。そしてすぐ近くを走っていた現在のJR（当時の国鉄）に乗って、大阪の鶴橋まで行ったという。これを読んだ私はすぐ多少の疑問をもった。金時鐘さんのこのときの着地点に疑いをもったのだ。そこで、後日お会いしたとき、一九四九（昭和二十四）年といえば戦後四年目で、須磨あたりはまだ焼け跡だった、と申し上げた。というのは須磨海岸の海辺にあった私の家も空襲で焼失したからだ。松林は残ったがあたりの別荘も焼失。それに須磨の海岸からJRまでは遠く、いちばん近い鷹取駅でも徒歩で十分以上はかかる。だから着地点はもっと西の舞子あたり、舞子は空襲に遭っていないし、松林や別荘も当時はそのままあり、駅はすぐ近くにあった。『朝鮮と日本に生きる』のなかで金時鐘さんは私のこの証言?をとりあげてくださったうえ、近々ご一緒に現場検証に繰り出す計画を練っている最中である。

（たかとう・まさこ／詩人）

時鐘先生に抗う

金鐘八

思い出すだに汗顔の至りだが、かつて酒席とはいえ満座の中で師と仰ぐ金時鐘先生を、若輩のわたしが語気鋭く痛罵したことがある。

わたしは若い時分から一介の活動家である。活動家といっても政治スローガンを叫ぶわけでもなく、人権・人道を訴えるごくごく地味な活動だ。七〇年代以降の韓国は朴正熙独裁政権が猛威を振るった時代であった。圧制ゆえの国民の窮乏に重ねるように、在日の二世、三世の若者たちが母国で頻々と拘束される事件も相次いだ。わたしはそのような青年たちの救援運動を担っていた。縁の下の力持ちと揶揄されるその活動は繁忙をきわめた。韓国内で弁護士を見つけ、裁判を傍聴し、さらには下獄した良心の政治囚たちに差し入れを行う。さらにこの日本でも在日の仲間や日本人市民らが一同に集い、救援運動が大きく展開された。

金時鐘先生とお会いしたのは、この運動草創の時である。在日社会で人望を集めていた先生はこの運動を物心両面から支えてくださったが、「私が表に出れば、獄の青年たちに迷惑がかかる」とどこまでも謙虚であられた。結論から言えば、この救援運動は解決に長い年月を費やしたが、九〇年代の初めまでに六名の死刑判決を受けた青年を含め百名近い在日政治犯が帰日を果たすという、稀有なほどの結実を見た。

さて、わたしは九一年の運動終息と同時に、所属する救援会を解散し、少数の仲間と今度は北朝鮮の人権問題に係わることになった。運動の性質上、活動仲間には国際救援組織・アムネスティの関係者が少なくなかった。七〇年代の末ごろ、ロンドンの本部から極東担当の関係者が来日し、請われて会談した。彼は、「今すぐ韓国への運動を止めて、北朝鮮へとシフト替えをするべきだ。人権無視が続く北にはだれも係わろうとしない」。彼は北朝鮮の政治犯収容所のリストを示し、執拗に説得してきた。無理な話だと断ると、彼はさらに、「南より北の方がはるかに酷い。市民を直ぐに処刑する」と。遅まきながら北朝鮮の人権問題に転じたのは、この十年前の強談判がわたしの意識の深いところでずっと燻《くすぶ》っていたからである。

話はそこからさらに十年が飛ぶ。二〇〇二年の初夏の頃と記憶する。当時わたしは自宅のある京都で小集会を重ねていた。北による日本人拉致問題がにわかに焦眉の課題に上るころで、その日の集会後の恒例の宴席には時鐘先生も参加された。宴たけなわの時、時鐘先生の野太い声が、近くにいたわたしの耳に入ってきた。「幾らなんでも、そんないたいけな少女を拉致するほど、あの国は腐っていない。どう考えても理屈に合わん」。横田めぐみさんのことを指しているようだが、この発言にどうやらわたしは憤り、先生の言葉に被せるように「そんなことを言っているから、あの国をのさばらせている。普通の理屈が分かる国なら誰も苦労しない！」。わたしとて長幼の序が分からないほどの非礼な人間ではない。数々の恩沢を浴してきた師に対して吐く言葉ではなかったかもしれない。しかし先生ほどのひとが、自身の総体を捧げてきた朝鮮総連から問答無用に放逐されても、まだ北にひとかどの幻想を抱いているのが、わたしには到底理解できなかった。その頃も今も北はもはや国家の体をなさず、国民を収奪するだけの大仰なまがい物に過ぎない。

はたしてその数ヶ月後、小泉首相の北への電撃訪問があり、金正日が拉致を認めたというショッキングなニュースが飛び込んできた。同時に時鐘先生から電話があり、「君の言う通りだった。返す言葉がない。新聞に一文を書いたから見てくれ」。短い消え入りそうな暗い声だった。「拉致は無謀も非情も極まった国家暴力といわねばならない。このような冷酷な事実を認めようとしなかった自分のありきたりの常識に、私はいま首もたげられないほど、自己嫌悪に陥っている」（『産経新聞』二〇〇二年十月三日）。詩人の自己批判はまことに痛苦に満ちていた。

（キム・ジョンパル／人権活動家）

2017年6月、米寿記念の四国旅行

人間の声を聞く

河津聖恵

尹東柱《ユンドンジュ》の訳詩集『空と風と星と詩』はいくつかある。私が初めて尹の詩に触れたのは、二〇〇四年にもず工房から出た金時鐘さんの訳詩集においてだ。当時はそれ以前に出た伊吹郷さんの訳で尹と出会った人が多かったように思うが、私はまず金さんの詩と出会ってから、金さんが深い思いを抱く尹へと向かった。

　初めて読んだ詩集は、『光州詩片』（福武書店、一九八三）だ。だが光州事件と同時代を生きながら当時の私（二十歳過ぎ）は、別の世界に生きていたらしい。この詩集も「学ばねばならない現代詩集」の一冊として、表層をかすめただけだった。描かれた事物の重みと痛みも、身をよじる措辞にある呻きと苦しみも、感じ取ることはなかった。真の出会いは、それから二十年以上経ってやって来た。

　二〇〇六年、京都駅前にある書店の詩歌のコーナーで、一緒にいた友人がふと「これ面白いよ」と指差した一冊。それが『金時鐘詩集選　境界《きょうがい》の詩』（藤原書店）だった。そこに『光州詩片』と共に収められた『猪飼野詩集』は、あまりに新鮮だった。じつはその頃私は、数年前から立て続けに起こった不幸な出来事に心をくだかれていて、『境界の詩』を手にしたのはショックから脱しかけていたさなかだった。言ってみれば生まれ直していた頃だ。そんな白紙の心に『境界の詩』の言葉は、ストレートに飛びこんできた。

　金時鐘の言葉は、それまで知らなかった背後深くから、私に強く呼びかけた。生きよ、と。何があっても生き抜くのだ、と。声は低く厳しく読む者に真向かいつつ、猪飼野に生きる人々のありのままを素手でいつくしみ、素手で伝えてくる。厳しさと優しさとユーモアにみち、余韻は人の体温そのものとして残される。詩の鼓動としてのリズム、詩の生命の輝きとしての未曾有の比喩と言辞――。日本の現代詩は戦後ある時期から現実に向きあうことをやめたが、その空虚を一瞬で破砕するエネルギーだった。それは日本が決して見ようとしない日本に実在する朝鮮の歴史と人間の生を、今ここにありありとみずみずしくうたい、この国の虚無へ果敢に突きつけていた。

　思いおこすのだ。／終戦のどさくさ。／汚水が　ゆけゆけの／ニワトリ長屋。／わけてもきたなかったのは／いやに部厚い／唇の　叔父貴だ。／てかてか／日本のヨメさんまで飾りたて／とうとう／おれの叔母を　追いだしたばかりか／朝鮮戦争で　逃げてきた／

いとこの兄まで／突き出した。／ちきしょう！／チョウセンやめたは　そのときよ。／思いだすだに／いまいましい！

（「うた　ひとつ」）

打って　たぐって／打ちまくる。／無念な　おやじを／打ちまくる。／／三十年　耐えて／ふた間の　長屋。／死んだ　おやじの／せしめたものさ。／／打って　打って／打ちつけて／晴らさないでか／骨の　おもいだ。／／打ってやる。／打ってやる。／日本というくにを／打ってやる。／おいてけぼりの／朝鮮もだ。／とどいてゆけと／打ってやる！（「うた　またひとつ」）

こうした生命あふれる詩に一瞬で惹かれた私は、詩人についてもっと知りたいと思った。そして「年が改まると、きまって想い起こされる」と詩人の語る尹東柱に行き着き、入手した訳詩集は、頁をひらくとたちまち目に染みるものがあった。植民地時代に留学した日本で、治安維持法違反で逮捕された末解放直前に獄死した尹が、留学二ヶ月前に朝鮮語で記した魂のふるえが、日本語に距離を持つがゆえに繊細な物質感のある日本語によって、いつくしまれるように写し取られていた。それは「詩が書けた日の、日いちにちにすでにかかっていた」尹の命のはりつめた輝きでもあった。

死ぬ日まで天を仰ぎ／一点の恥じ入ることもないことを／葉あいにおきる風にすら／私は思いわずらった。／星を歌う心で／すべての絶え入るものをいとおしまねば／そして私に与えられた道を／歩いていかねば。／／今夜も星が　風にかすれて泣いている。

「すべての絶え入るものをいとおしまねば」の「絶え入る」に、今も私は打たれる。どの訳よりも、真闇に向き合う魂の光を表現していると思えてならない。

詩人の詩に出会い十年が経つが、振り返れば不思議な出会いが続いた。尹東柱をモチーフにして書いた詩がきっかけで在日朝鮮人の人々と出会い、詩人として朝鮮学校無償化除外に反対する活動にも参加した。韓国にも詩の朗読のために三度足を運んだ。そして金時鐘さんとも現実に出会い、今では年に何度か言葉を交わす機会にも恵まれている。その時私はいつも人間の声をたしかに聞く。それは、時代の闇にあらがう詩へと背中を押す、朝鮮と日本に生きたすべての人間の声だ。

（かわづ・きよえ／詩人）

目撃者

ぼくを検挙するには当らないよ
ぼくはまだ　何も知っているとは
いってないんだから
けさ新聞が伝えただけの範囲だし
そして　その現場をうかがったにしても
録音ニュースでちょっぴり知った
くらいのものなんだから
だからもう　僕は追わないでね⁈

だからもう　僕だけはどつかないでね⁈
ぼくには妻があるし
それに子もある身でしょう？
やれっこがないじゃないの
あのひどい朝鮮戦争の時だって
ぼくはだまって暮してきたんだもん
きゅん――とジェット機が飛び立つたびに
ぼくは観念して耳をふたいでいたよ
ほんと
目などつむったって
あの焼けただれたナパーム弾のあとが消えっこないしねえ
だから毎日センバンにしがみついて
バイトだけを見つめていたよ

削った円筒が　何に使われようと
第一ぼくの知ったことではなかったけど……
だが　ぼくもけさの新聞みて
ふっと　こんなこと思っちゃった
あの泥んこの中でけちらかされている
あの写真ね
ここが朝鮮なら
ぼくもああして　泥んこの土にしがみついて
踏まれてみたいなあと思った
だけど本当にそう思ってみただけなんだから
おこらないでね
ぼくはまだ　腹が立ったともいってないでしょう？
それに　あなた方が憎いなどとも

もちろんいってないしね
だから
だから
そうおこらないで
そう鉄かぶとで突っこまれては困るよ
そうコンボーを振りまわされたら
痛いじゃないか
ぼくはまだ　何もいいやしないから
そうそう喉元をしめつけないで
おねがい　おねがい
ぼくは本当に　本当に
何も知らないいんだから――
……………………

これでいいでしょう？

木綿と砂

ぼくが浅い眠りから目ざめたのは
七月の未明だった。
いま作り出したばかりの
摂氏千万度の高温が
いよいよぼくの眠りを浅くしたのだ。
これはたまらぬ。
脳底でいぶり出した水銀柱が張りつめたガラスの空へ。
髪の毛をつっ立てはじめたとき

この熱気の中に気化してゆく自分を
ぼくははっきりと意識した。
だが不思議と遺書をしたためる気にはなれなかった。
朝鮮戦争で半にえのままになっている意識が消化するには
なんともってこいの荒野と熱気だろう！
この果てしなくつづく
砂地の
起伏
の触感と白さ！
ぼくの育った木綿の褥《しとね》がそこにある。
上昇の度を増した太陽が
この無辺の砂地を炒鍋の底と化するとき
カリフォルニア大学放射線研究所の

水爆平和利用のための核熱処理が見ものだ。
この千万度の高温ですら
水爆融合反応から動力をつくり出すには
まだまだこれの十倍が必要だという。
よし。アメリカよ。
君のまだ足りない熱気に
ぼくのこのちっぽけな熱気はどうだ！

―1958・7・18―

哄笑

私は　それが
シンキローの所為であるかどうかを知らぬ。
とにかく　ラクダに　しがみついていた。
炒りたてるような　熱砂のほてりの中で
それでも私は　ナイフを手離せなかった。
もう　腸の粘液までが　枯れてきたらしい。
うつぶせた　耳の下で

ラクダの瘤が　清水を湧かしている。

でも私は　こいつが殺せない。
道のりも　定かでないし
その前に　私がなぜ焦土の中に追いやられているかを　考えなければならない。

——遠のいた記憶の中で
とっくにひらめいたはずの閃光が　まだ
　中天にかかっている。——

私は干からび
瘤の背で　ミイラになるのか？
渾身の力をしぼって

ナイフに　私は最後の願いを託した。
ラクダが　長い首をねじまげた。
そして　笑ったのだ。
〝ウフフフフ。
　ここはかつてのベルギー領コンゴーですよ！〟
一体　これはどうしたというのだ!!
地球全体が　地続きにでもなったのか？

お願いだ　ラクダよ。
死なないでくれ。
どこの僻地でもいい
この私を運んでくれ。

抜きとった　ナイフの傷口から
一度に　どっと　哄笑がわき出た。
それが中天にこだまして
キンキン　私の鼓膜をうつのだ。

辺境の主が　笑っている。
巨大な黒い体をゆすぶって
野ばん人が大口あけて　さげすんでいる。
ラクダは動かない。
私はとにかく　水が欲しい。

その後の　生きながらえた記憶を

私は　誰に求めたらいいのか？

海の飢餓

大都会の
消化器管の前で
あなたとぼくが
対置される。
――これは　もう
　ぼくの意思ではない。

吸いこまれる側の

ぼくと
吐きだされる側の
あなたとの出会いが
なぜこうも苦痛にゆがむのか？
――その間もあなたは果敢な逆流を
　二度もやってのけた。

一つの穴ぐらの中で
ふんづまりの生活が交錯を余儀なくされるとき。
むきだしのままの臓物が
音をたてて
嘔吐をはじめるのだ。
――あなたの懸命の奪回が

石臼ほどの骨盤をふるって頂点に達する。

急速にひきはなされてゆく
同族どうしの結合点。
加害者に与した無力な目撃者がおびえだすのは
ちょうどこの距離においてだ。
——あなたはしまりきる扉にすがって
〝かえせーかえせー〟と叫んだ。

さあ、これがぼくの臓物だ。
散乱した白米の上に
投げだされたゴム長。
つっ立つ靴。さされた傘、傘……

爪先たつ目撃者のぼくがぐたぐたに踏みつけられて
際限ない両極をへめぐりはじめる。
——ぼくは誰に、何を、なんと叫べばいいのか?!

俊足のディゼル・カーをもってしても
電車が海をつっきったというニュースを
ぼくはまだ聞かない。
ただ　どろんこの飢餓がゆめみる
茫洋たる発芽が
車窓をよぎってぐんぐんひろがってゆくのだ。
これはまさしく
海だ。

わが性　わが命

白亜紀の最後を
そんなりおし包んでいる
氷山はないか⁉
断絶の間際に張りつめた
恐龍の脳波が採りたい。
忽然と一切の種族を断った
この潔癖なるものの臨終にも
求心性ボッ起神経は働いたかどうかを

ぼくは知りたい。

視界をよぎって
うねりにくねる
一頭の鯨。
今しも
脇腹の脂肪をつらぬいて
銛の弾頭が炸裂したところだ。
四肢も
表情も
二千万年の生存に代えた
この生の権化が
くるりとゴム質のまっ白い腹を見せて

みすみすぼくの眼底に漂着するまで——。

ピーン
と張ったロープに
永劫
小刻みにうっ血してゆくのは
義兄の金だ。
二十六の生涯を
祖国に賭けた
四肢が
脱糞までの硬直にいやが上にもふくれあがる。
〝えーい！　目ざわりな！〟
軍政府特別許可の日本刀が

予科練あがりの特警隊長の頭上で弧を描いたとき
義兄は世界につながるぼくの恋人に変っていた。
削がれた陰茎の傷口から
そうだ。ぼくは見てはならない恋人の初潮を見てしまったのだ。
ガス室を出たての
上気したアンネの股間にたれこめた霧。
ずり落ちたバジ*の上に点々としゅんで
済州島特有の
生あたたかい季節雨に溶けこんでいた。

吊った男よ。
吊られた男の
性ボッ起の

何が
目ざわりだったのか⁉
通常
生きることの
生命とは
また別の
生き抜く生命に
おびえてた
お前の
お前は
そこにいなかったか⁉
悶絶の果てに
丈余の一物を

むきだし
極南の氷海に
あお向いている
おお
鯨よ！
嗚咽のない君の死を
ぼくはなんと呼ぶべきだろう
すべてが
静寂と
歓声と
哄笑の中で
人はただ
その終焉だけを見とどけてきたのだ。

今しも
腹部に躍り上がった男が
ぼくの眼底で
まず切り落としたのは
それだ！
〝油にもならねえ！〟
大音響とともに
氷山が揺れ動く極地で
熱い血を通よわせた
生の使者が
今
蝟集する

数百億の
プランクトンの
景観のまっただ中に
帰る。

＊バジ＝木綿製の腰口と裾の広い朝鮮ズボン

究めえない距離の深さで

雨と墓と秋と母と

——父よ、この静寂はあなたのものだ——

地所代がなくて
共同墓地に
埋めた。
妻よ。
墓が濡れる。
墓が。
父の。

家は並んでも
ポコポコと。
母は
その中に横たわる
生きてる
ミイラ。
おおこの南鮮《くに》は
なんと
見渡すかぎりの
無縁塚だ。

母よ。
山がけむってる。

海がけむってる。
そのはるかな
向こうが
野辺です。

犬を喰う

雨の日に
犬を喰った。
ひんむいた目玉のまま
皮をはがれた　首を
もぎり
泣きべその妻をせきたて
まくしたて
四つ割りの

胴体を炊きあげた。
朝鮮人相手の肉屋が
西成くんだりからわざわざ運んでくる
栄養源。
妻に逃げられた
友を囲み
還暦を越えて
なお　壮健なる
彼の父を迎えてばりばり喰った。

犬は犬の骨を喰わないんだそうですが
本当ですか？
そうだ。かしこいものでね。くわえていって埋めてやっているよ。

一陣の風。
しゃぶりつけのものを甍へ捨てた。
さんざめく雨の中を
骨は洗われ　たたかれ
樋をはみ出た水が
さかしまに
どど　と　裏の下水へ落としこむのを見た。
台風接近を報じる日。
犬の喰わない犬を
俺らが喰った。

究めえない距離の深さで

二枚の附箋と
三本の朱線に
低迷した
韓国済州局発の
航空郵便が
一つの執念さながら
胴体滑行の
形像すさまじく

落手した。
炎天下に
かざされた
全逓同志の
手汗のしゅんだ
ハトロン封筒を
開く。
これは
韓国製の
ひつぎだ。
伏して
うるしを常食し
生きたまま

ミイラとなった
母の
七十余年にわたる
告別の書だ。
ザラ箋の
紙質にしみた
においよ。
失なわれた故郷の
亡国の
かげりよ。
亀よ。
叫びよ。
墓もりができずに

1989年11月創立　1990年4月創刊

一九九五年二月二七日第三種郵便物認可　二〇一八年一月一五日発行（毎月一回一五日発行）

月刊
機
2018
1
No. 310

発行所　株式会社 藤原書店©
〒一六二-〇〇四一　東京都新宿区早稲田鶴巻町五二三
電話　〇三・五二七二・〇三〇一（代）
FAX　〇三・五二七二・〇四五〇
◎本冊子表示の価格は消費税抜きの価格です。

編集兼発行人
藤原良雄
頒価 100円

大好評を博した幻の名著『ルーズベルトの責任』上・下の姉妹版、遂に完訳！

アメリカの「戦争責任」を問う

——一九三〇年代のアメリカ外交を徹底検証——

チャールズ・A・ビーアド

▲チャールズ・A・ビーアド(1874–1948)

一九四六年八月、当代一級の現代史家チャールズ・ビーアド博士は、第一次大戦後、国際連盟加盟を拒否した「孤立主義」のアメリカが、第二次大戦参戦に転じたのはなぜかを問い、三〇年代のアメリカ外交政策の公式資料を徹底検証し、「戦争責任」は何処にあったのかという火付けの本書を出版。発売忽ち大反響があり、米国で大ベストセラーとなる。その続編として、『ルーズベルトの責任』が四八年四月に出版された。その出版半年足らずで他界した。このビーアドの二書は、日本でこれまで翻訳紹介されてこなかった。

編集部

●一月号目次●

「戦争責任」問題の複雑さ

第二次世界大戦を引き起こした責任が実のところ、上院の〝邪悪な人々〟にあろうとなかろうと、条約を批准するのに上院の三分の二の賛成を必要とする憲法の〝非民主主義〟条項にあろうとなかろうと、提案されたヴェルサイユ条約の留保条件を受け入れるのをウィルソン大統領が拒否したことにあろうとなかろうと、条約批准問題を党派問題にしてしまった大統領の決意にあろうとなかろうと、国民全般の孤立主義に対する〝無知〟で〝ひとりよがり〟な支持にあろうとなかろうと、ヨーロッパやアジアの紛争にあらためて巻き込まれることに反対した〝世論の大半〟に、〝国〟に、〝合衆国〟に、そして〝アメリカ〟にあろうとなかろうと、多種多様な告発は確かに一九一九年以降の合衆国のどこかにその過失責任があったことを申し立てていた。

ここに大国史上に例をみない、外交政策の形成と政府の行動に関するさまざまな申し立てが複雑に絡み合って存在している状況がある。偉大な社会の大勢の人々が、その社会に、あるいはその社会の一部の人々に、もしくはその社会の何かに、またはその社会で起こった何らかの出来事に、世界戦争を引き起こした責任を負わせているのだ。それは地球上の諸国家間にあるアメリカ共和国の運命と宿命とに密接に関わってくる史上類のない歴史的現象であり、知的ならびに道義的な影響を伴う立憲政府のまさに本質に及ぶ起源と意図の問題を、アメリカ市民に指し示しているものなのだ。あまりにも多くのアメリカ市民がこの悪事の原因を自国に求めたのはいったいどうしてなのか。またどうしてそのようなことが起こり得たのだろうか。彼らが最終的に外国には罪はないとして、合衆国に、あるいは合衆国内の誰かに、または何かしらに責任を負わせ、アメリカ国民を自分たちの代議政府と対立させるような説を誘発し、それを受け入れることになったのはどうしてなのか。またどうしてそのようなことが起こり得たのか。憲法の下でわれわれはどのように統治されているのかという問題がいまなお検討に値するというのならば、徹底的な検証が求められるべき歴史と政治学の根本的な問題がここに提起されているのだ。

侵略国側の責任?

この説を正確に系統立てて説明しようとすると直面するもうひとつの困難は、第二次世界大戦の責任を合衆国に見出した多くの批評家たちが、同時に〝侵略国〟すなわちドイツ、イタリア、日本にも責任があるとして告発している事実にある。彼らによると、一九一九年以降、世界の平和を最初に乱したのはこうした犯罪国であった。その一方で、圧倒的多数の国々は実ははじめからずっと「平和を愛好」していたというのだ。もし、戦争責任の一部は実際にヒトラー、ムッソリーニ、そしてヒロヒトにも分担させなければならないというのであれば、第二次世界大戦の全責任を合衆国あるいは合衆国

▲「隔離演説」を行うルーズベルト（1937 年）

内の誰かに、または何かに負わせることは到底できないのだ。この場合、戦争の責任論はことの真実を探求しようとする者にとってはより複雑になる。

　第二次世界大戦の責任論が、他国あるいは侵略者の三カ国に責任の一部を負わせる形で組み立てられるのであれば、それが正しいかどうかを検証する考察作業は非常に骨の折れる仕事になるだろう。第一に、国のそして全世界の歴史の形成過程における〝因果関係〟と〝自由意志〟に関わる問題をはじめとする歴史解釈の中でも極めて厄介な問題について、確かな情報に基づいた判断が求められるであろう。ほかにも難しい、複雑に入り組んだ特殊な問題も提起される。たとえば戦争責任を引き起こした特性を探し求める際、〝責任を帰すのに値する〟国々の歴史のどの時点の特性を取り上げるべきなのだろうか。さらに言えば、たとえば二百年以上もの間、隠者同様の外交政策にしがみついていた日本がなぜ、十九世紀の終わりごろになって、むしろ唐突に、過激な帝国主義の傾向を帯びるようになり、極東における〝白人〟優越主義に対する聖戦を始めることになったのだろうか。

外交政策の責任とは

　外交政策の責任について、さまざまな意見があるが、一般的に、結果として、第二次世界大戦に至った政策の責任が合衆国内にあるとする説が、アメリカの特性と合衆国における統治行為にもっとも直接的に関連する説なのである。この説が一九三三年から四〇年の期間に適用される場合、それは以下のような特徴を擁する。

1．この国は、あるいは国務省の表現を

援用すれば「世論の大半」は、大統領と国務省は『中立』法に示された孤立主義の」政策を追求しなければならない、と強く主張した。つまりヨーロッパとアジアの諸国家の間で紛争や戦争が起きているさなかにあっても、合衆国の中立と不関与と不介入と平和の政策を、である。

2. ある時点で――国務省の報告書によると「早い段階で」――ルーズベルト大統領とハル国務長官は「孤立主義の考え」とは異なる政策を採用し、その概要をアメリカ国民に説明しようとした。彼らがその政策を実行することを許されていたならば、彼らはすべての侵略国に当然の警告を発し、平和を愛する諸国と協力して第二次世界大戦の勃発を防いだだろう――つまり世界の平和を維持したであろう。

3. しかし、この国は、あるいは国民は、あるいは世論の大半は、ルーズベルト大統領とハル国務長官が彼らの政策を効果的に追求することを妨げ、大統領の軍備計画を阻み、中立法を廃止することなく、この国を安全だと錯覚させた。従ってルーズベルト大統領が発した警告と彼の平和を維持しようとした努力にもかかわらず、最終的にそして必然的に合衆国を戦争に「ひきずり込む」ことになったヨーロッパとアジアにおける侵略諸国の行進に対して責任を負わなければならないのである。

このように組み立てられた、外交政策の責任は国民にあるとする説について、その妥当性を検証しようとすると、どうしてもいくつかの疑問がおのずから明らかとなる。戦争が行われている世界において、特に一九三三年と四〇年の間において、合衆国の不関与と平和と中立の政策が国民または国をそれほどまでに強くとらえて支配し続けたのは一体だれの影響と斡旋によるものだったのだろうか。ルーズベルト大統領とハル国務長官は、あるいは彼らが密接な関係にあった民主党指導部は、こうした政策に表された孤立主義を進展させることに一貫して反対していたのだろうか。それともそうした政策が国民あるいは国を強く掌握するうえで、彼らは何かしら重要な役割を果したのだろうか。この「決定的な何年間か」のどの段階で、大統領と国務長官はこの国の人々が大切にしていた中立と孤立主義の政策を支持できないと決断し、別の外交政策――それと反対の政策――が合衆国の利益にもっともかなうものであると国民に発表したのだろうか。どの演説で、どの講演で、どの声明で、大統領と国務長官はこの国に彼らの決定的な決断とそれまでの合衆国の孤立政策と中立と平和に反する新たな外交政策の概要を示したのだろうか。

外交政策の歴史学的検証

こうした疑問はその本質からして公共の問題を提起するものであり、それらに対する答えは公の、すべての市民に開示された講演や演説や文書その他の当時の資料に求められなければならない。これらの疑問は端的な歴史上の事実についての疑問である。その答えを求めるのに特別な洞察力や知識は必要ないし、ここで検討されている問題と厳密に関連した公的記録から、少なくとも極めて妥当性が高く十分な結論を容易に導き出すことができるのだ。

こうして行われる検証作業は、その性格において歴史学的視点に基づくものであるが、それはアメリカの外交政策の形成――その方法、関係者、党派、利益、そしてその過程における戦術――に直接、関係している。それと同時に、この作業は合衆国政府による外交の運営と明らかに関わりがある。また、合衆国国民に対する官僚や政党指導部の責任にも、さらには大統領府と立法府の関係にも、国民のための政府と出版の自由と公益のための国民教育に尽くす国家にふさわしい外交手続きにも、そして末筆ながら、多くのアメリカ人が合衆国と世界にとって妥当かつ適切だと強調している立憲及び議会制民主主義の、合衆国におけるそして世界における命運にも、明らかに関係しているのである。

(開米潤・丸茂恭子訳)

(構成・編集部/全文は本書所収)

(Charels A. Beard/歴史家)

ドイツの捕虜収容所内で、執筆、上演された幻の戯曲と日記、本邦初訳！

敗走と捕虜のサルトル

――戯曲『バリオナ』「敗走・捕虜日記」「マチューの日記」――

石崎晴己

サルトル研究の現在

サルトルは、戦後日本に圧倒的な影響をもたらし、およそ大学学歴を有する者で知らない者がいないほどの知名度を誇ったが、一九七〇年代をピークに急激に読書需要を失っていった。それはサルトルが実存主義を主唱する大思想家と考えられ、その思想が、やがてマルクス主義に包摂される（マルクス主義の一亜種？）気配を窺わせたことと無関係ではない。そのため一九八九―九一年の社会主義圏の崩壊とともに、マルクス主義、あるいはより広義的に社会・政治革命の概念の全般的失効ないし信用失墜の巻き添えになって、サルトルも失効を宣言されたと考えられる。

このような事態については、サルトル本人だけでなく、サルトル研究者・紹介者も責任なしとしない。一つは、戦後爆発的な人気と関心の中で、一種急ピッチで翻訳が進められたため、サルトルについての把握が時として十分でないままに、紹介・解説が行われたという事情もあろう。もちろん、哲学的な著作の翻訳の多くは、本来の難解さと、日本語に訳す際の特殊な困難にもかかわらず、今日でも十分に有効なものであると言えるが、時として、特に小説や演劇などの場合、それらが「実存主義」という思想の「絵解き」であるとする考えに基づく不十分な解説によって、歪められたとは言わないまでも、単純な図式にはめ込まれた場合もあろう。

そうした図式的ヴィジョンに捉われずに、また時には、サルトル自身の意図にも逆らって、虚心坦懐にサルトルを読んでいく必要があり、そうした読み方を読者層に提唱していく必要があるのであるが、これまでのところ、冷戦時代の思想状況で書かれた古い解説類が大幅に残存しており、新たな翻訳と新たな解説によって置き換えていく課題は、まだまだ十分に実現しているとは言えない。そうした中で、『自由への道』の新訳刊行は、各巻に付された斬新な解説によって、まことに有意義なものとなっていた。

もう一つ、日本人のサルトルの読みは、これまで思想偏重の嫌いがあった。これは日本に限った話ではないかもしれないが、サルトルの文学者としての面は、やや軽視されてきたというのは事実であろう。確かに、サルトルの小説創作の活動は『自由への道』の中途での挫折で終わっており、それ以降は文学的執筆活動は、自伝たる『言葉』も含めた「評伝」のジャンルに引き継がれたと言える。

▲サルトル(1905–1980)

しかし、このジャンルも含めて、サルトルの「文学作品」は、どうも十分に読み取られ、味わわれているとは言い難い。それは上に述べたように、サルトルにおいて、演劇作品も含めて、文学作品を哲学思想の「絵解き」として読むことが、もっぱら行われてきたからと思われる。

つまり、文学においても、それを通して優先的に読み取られるのは哲学であったわけであり、サルトル的エクリチュールの味わいを味わおうとする姿勢は不在、ないし不十分であったのである。要するに「テクストの快楽」は、問題にはならなかったのである。

処女戯曲と敗走・捕虜日記を集成

本書は、ドイツの捕虜収容所内で執筆・上演された、サルトルの実質的処女戯曲『バリオナ』と、兵士サルトルの敗走と、それに続く捕虜生活を綴った二点の日記、「敗走・捕虜日記」「マチューの日記」の邦訳に、それぞれ詳細な論考・解説を付したものである。

サルトルは、一九三九年九月、対独宣戦布告とともに動員され、対独国境に配属されていたが、翌四〇年五、六月のドイツ軍大攻勢によるフランス軍の壊滅の中で、敗走を続け、奇しくも誕生日たる六月二一日に、ドイツ軍に降伏し、八月半ばにドイツ最西端のトリーア郊外の捕虜収容所XII Dに収容される。その年のクリスマスに、クリスマスに相応しいキリスト降臨を主題とする聖史劇（中世以来の劇形式）を上演することを、サルトルは同じ捕虜仲間と語らって企画し、劇を書き、演出し、自らも副主人公を演じた。それが『バリオナ』である。

それは、対独レジスタンスへの呼びか

けとされており、二年後に初演される、プロの劇作家としての処女戯曲『蠅』の前身とも捉えられる。劇作は、戦後サルトルの受容と名声にとってきわめて重要な要因であるが、この処女戯曲は、サルトルの劇作活動の本質的ありようを規定している気配があり、彼のドラマトゥルギーを考えるための新たなヒントを提供している。

　戯曲としては、荒削りながら、『蠅』よりも内容的に豊かで、複数の観念が複雑に交叉する中で、主人公バリオナが、『嘔吐』的段階から、反逆天使（リュシフェール）段階、そして『存在と無』の超越と自由の段階へと変貌していくだけでなく、以後のサルトルにはほとんど見られない、母性の論理の強烈な表出、父性の論理の静かな臨在という点でも、極めて複合的・立体的な作品となっている。

日記は、サルトル的エクリチュールの主たる特質として近年評価が高まっている、エクリチュールの多様性・多声性《ポリフォニー》あるいはランダム性が横溢する場であり、その意味で、この二つの日記をここに邦訳することは、有意義にして興味深いことであるが、さらに「敗走・捕虜日記」のうちの敗走部分は、カフカ的ないしシュルレアリスム的とも言えそうな不安と不条理感に満ちた記述が、圧巻である。

　また、サルトルの大河小説『自由への道』の第三部『魂の中の死』と、内容的に重複・交叉する部分を含み、作品生成論的観点からも、きわめて重要な意味を持っている。また特に「マチューの日記」は、やはり『自由への道』の未発表に終わった第四部『最後の機会』との関連が濃厚であり、それの未定稿の一つとも考えられ、サルトルの作品研究にとってきわめて興味深い。この二つの日記とも、サルトル的エクリチュールの醍醐味を十全に発揮しており、多くの読者にとって、忘れられたサルトルの魅力に改めて触れる機会となるだろう。

戦後サルトル形成の「建設現場」

　われわれはサルトルに対面する時、一九八〇年に死によって完結したその全生涯を承知している。これはもちろん当然なことではあるが、例えば、小説『嘔吐』で桁外れの新人としてデビューした時のサルトルは、ある意味で実に多様な可能性を秘めていたのであり、その時のサルトルは、今日われわれの知っているサルトルの生涯が「約束」された人物であったわけでは、必ずしもない。その意味で本書のカヴァーする対独敗戦から捕虜時代は、極めて意味深長である。

周知の通り、一九三八年に『嘔吐』で一挙に大作家の地位を獲得したサルトルは、一九三九年九月の大戦勃発によって、新進気鋭の文学批評家としての八面六臂の活躍の中断を余儀なくされる。そして、翌四〇年六月から九カ月間の捕虜生活を経て、パリに帰還。『存在と無』の刊行と、戯曲『蠅』の初演によって、当代随一の哲学者と新進気鋭の劇作家となり、大戦の終結とともに、爆発的な実存主義の流行と、新雑誌『レ・タン・モデルヌ』の創刊によって、フランスの文化・知識界を主導する存在となるに至った。

これが、日本の読者によく知られる、戦後フランス実存主義の主導者としてのサルトルであるわけだが、本書収録の諸編、特に『バリオナ』は、戦前のサルトル、『嘔吐』のサルトルが、ハイデガーを自分なりに消化しながら、自由と超越の戦後サルトルへと展開していく過程を表象しており、われわれはあたかも、戦後サルトルの形成の「建設現場」に立ち会うことになる。それはまるで、サルトル 対 サルトルの激烈な対決であり、サルトルによるサルトル自身の超克なのである。

ちなみに、対独宣戦布告に始まる、「奇妙な戦争」の兵士生活から捕虜生活のこの十八カ月は、サルトルの生涯の最も多産な時期であり、まさに「奇跡の十八カ月」であった。サルトルの作品系の最も優れた部分、『存在と無』や『自由への道』の骨子は、この期間に書かれ、戯曲系列の本質を決定する作品『バリオナ』も、この期間に書かれ、何よりもサルトルが劇作家となるきっかけとなった。その意味でも、本書刊行はまことに有意義であろう。(構成・編集部/全文は本書所収)

(いしざき・はるみ/フランス文学・思想)

ブルデュー自身が自らの知の総体を語った、最良の総括的ブルデュー入門！

ピエール・ブルデューとの対話

――ブルデュー『知の総合をめざして』刊行に寄せて――

ロジェ・シャルチエ

世界的社会学者ブルデューと、その影響のもとに「実践《プラティック》」の歴史を開拓した当代一級の歴史学者シャルチエとの生前の貴重なラジオ対談に、コレージュ・ド・フランス就任講義（八二年）と、仏国立科学研究センター（九三年）、英王立人類学研究所（二〇〇〇年）での受賞講演を一書にし、『知の総合をめざして』と題して刊行する。本号では、二〇〇二年ブルデュー追悼で書物にするに当たって書かれた、シャルチエによる序文を抄録する。（編集部）

ブルデューとの生き生きとした対話

一九八八年にブルデューとおこなった対話を読んで、私が最初に感じたことは、この五回の放送が私の記憶に残した彼の姿を再びそのまま見出したという思いだった。彼はエネルギッシュで、愉快で、情熱に溢れていた。この小著の長所は、コレージュ・ド・フランス教授という絶大な権威や、当時参加した論争のために隠されがちな彼の思考法を、生き生きとした対話のレベルで捉えているところにあると思われる。だからといって、最初期から変わることのない分析カテゴリーと明証性の要求の上に確立された彼の仕事の継続性や一貫性が覆い隠されることもない。この五回の対話に見出されるのは、のちに彼自身が選んだり課せられたりした役割にはそれほど縛られていない、少し違ったブルデューである。朗らかで、快活で、他人にも自分自身にも皮肉を飛ばすブルデューであり、彼の仕事がもたらした学問上の断絶を確かに感じながらも、他分野や他種のアプローチとも対話する用意があるブルデューである。

一九八八年当時のブルデューは、多くの人にとって『ディスタンクシオン』の著者であった。まさにこの著作が、論争とメディアの力を借りて、社会学者ブルデューを知識人層と一般大衆の前に押し出したのである。だが、この出版以前からすでにブルデューには研究者としての長いキャリアがあり、カビリア地方における民俗学の業績、フランスの学校制度の分析、写真の社会的機能、美術館通いに関する共同調査、そして実践《プラティック》

通いに関する共同調査、そして実践《プラティック》理論に関する理論的考察が、説得的で緻密な著作群を彩っていた。これらの力強い一連の著作も、萌芽する研究に向けられる驚くべき活力を汲み尽くすことはなく、それは同様に他のさまざまな対象にも向けられた。すなわち世論調査、結婚戦略、オート・クチュール、スポーツの実践、雇用者の社会学やフランスにおける司祭職の社会学などである。しばしば対話や講演の形式で発表されたこれらの分析のいくつかは、『社会学の諸問題』と題された小著にまとめられていた。一九八〇年代には、コレージュ・ド・フランス教授に就任した社会学者の知的軌跡を、三冊の著作が際立たせていた。一九八二年の『話すということ』、一九八四年の、彼にとって最も困難であったに違いない著作『ホモ・アカデミクス』、そして、私たちの対話の数カ月前に刊行された、口頭での発言をまとめた『語られたことども』である。

一九八八年の歴史学の状況

八八年時点の歴史学者の立場に関しては、私たちの対話のいくつかの主題を理解するために、三つの事実を想起する必要がある。まず、歴史学は依然として全ての社会科学のなかで最も大衆に開かれ、最も目立つものであったという事実である。これはときにベストセラーとなった巨匠たちの著作のおかげばかりではなく、何巻にも及ぶ大企画が、フランスの出版社を尻込みさせることなく成功を収め、購買者と翻訳にも恵まれたためでもある。

一方でフランスの歴史学者たちは、少なくとも知的側面では支配的だったアナール学派の分析の規範から離れつつあった。すなわち、膨大な原資料を扱うことを好み、それらを数量として取り扱い、種別を構築する手法から離れつつあったのである。イタリアにおけるミクロストリアの提唱など外部からだけではなく、アナール学派の内部からも疑問が提示されたことで、この明瞭なモデルに亀裂が入り、客観的分類よりも集合的表象を、統計的分布よりも個別の所有を、無自覚的決定よりも意識的戦略を重視する他のアプローチを利することになった。ここから、おそらくブルデューにとってはほぼ無益なものだったが、種別と構造に与えられてきた従来の優位性と、行為者に向けられる新たな関心との間での論争が、もしくは歴史学者が操るカテゴリーと歴史的行為者自身の言語の間の乖離、あるいは共通性についての論争が始まった。

ついに、おずおずとではあったが、歴史学は自問を始めていた。ブルデューが思い描く手法からは大きく隔たっていたが、P・ヴェーヌ、M・ド・セルトー、P・リクールらの手法は、歴史学の分野における認識の意志と、必然的に叙述的にならざるをえない書法との間に存在する緊張を明らかにした。同業者の全てではないにせよ、幾人かの歴史学者にとって、連綿と受け継がれてきた確信が揺らぐ別の理由がこうして見出されたのであり、また彼らの分野における科学性の実態と、その反対に、ブルデューがフロベールで示したように、フィクションが持つ認識力の再考を強く促したのである。

したがってこれらの対話は、ブルデューと歴史学や歴史学者との関係における一時期に位置づけられる。彼の批判は辛辣で、分析に用いるカテゴリーを不当に敷衍したことや、大概の場合自然物と見なしている区分や分類の社会的・歴史的構成に関する自問が不十分であるとして歴史学者たちを非難していた。しかし同時にブルデューは、フランス国内、国外を問わず、一定の歴史学者の業績を尊重しており、それらを『社会科学研究紀要』に寛大に迎え入れたり、彼がミニュイ社で監修していた「レ・サンス・コマン」叢書で刊行したりもした。私たちの対話よりも前に、私自身、論文一篇を『社会科学研究紀要』で発表し、読書と文化史に関して彼と二度の対話をおこなっていた。

知性に寄せる信頼

本書の五回の対話を支えている陽気さは、それでもなお、彼の分析に対する激しい異議を理解しようと努めるブルデュー自身の動揺や、大学界にせよ社会にせよ社会学者自身が参加している社会空間に関して仕事をする独特の緊張によって貫かれていることを忘れさせない。安心感をもたらす無知を一掃し、支配と従属を規定するメカニズムをより明快に理解可能とする、しかしその代価は幻滅で支払われる、という学問分野の困難だが不可欠な責務は、彼にとって、ここから始まるのである。「社会学者は耐え難い存在だ」と彼は言うが、それは他者にとってのみではなく、分析対象とする社会に彼もまた身を置いている以上、自分自身にとっても同じように当てはまる。ブルデューの発言には苦しげな「統合失調症患者」(彼自身が用いた言葉である)が見出されるが、これはおそらく社会科学で唯一の、認識を生み出す主体が同時に認識されるべき対象として捉えられるという立場に起因している。

裂を生き、それを積極的に受け入れる難しさはまた、彼が打ち立てる「理性的ユートピア主義」の土台でもある。すなわち、社会における行為者（社会学者も含まれる）を規定している決定要因を明らかにすることだけが、目を欺く外観や偽りの自明性を批判し、規制を和らげ、誰もがその機会を捉えられるわけではないにせよ、全ての人に与えられている「自分自身の考えの主体となる」可能性をもたらすのである。誤った二項対立（例えば個人と社会、意見の一致と衝突、組織の客観性と行為者の主体性といったもの）に陥らない限り、社会学者の仕事は、現実の自然秩序が——そして支配構造が——容赦なく押しつけているように見える事象に対しての自主防衛のメカニズムを提示するのである。

▲R・シャルチエ（1945-）

▲P・ブルデュー（1930-2002）

　ピエール・ブルデューの脳裏には常に、彼が抱える責任があった。この感情によって、彼の参加《アンガージュマン》が、彼の苦悩が、そして——熱のこもった彼の言葉を再現するこれらの対話に読まれるように——彼が知性に寄せる信頼が説明される。現状の世界の不可抗力と絶望感を弱めることは知性にのみ可能だからである。（倉方健作訳）

（構成・編集部／全文は本書所収）

（Roger Chartier／歴史学者）

名著『遺産相続者たち』『再生産』出版に先立つブルデューの先駆的な研究書

ブルデューの出発点

——半世紀後に『教師と学生のコミュニケーション』を読む——

オックスフォード大学教授　苅谷剛彦

学校に埋め込まれた不平等生成の仕組み

　教育における不平等生成の仕組みを、後の「文化資本」や「文化的再生産」に先駆け、学校的言語の操作能力として照射した本書は、社会移動の手段としての教育機会の平等＝不平等に焦点を当ててきたアングロ・アメリカ流の（教育）社会学の研究とは一線を画した。教育という「場」に特有のコミュニケーションの有り様が、不平等生成のメカニズムの根幹にあることに目を向けようとしてきたからである。学習や教育達成における個人の成功や失敗のメカニズムを探る、方法的個人主義に立つ社会移動研究との違いである。学校や教育制度の失敗が不平等を生みだしている（教育の平等化を妨げている）という視点とも異なる。そうではなく、言語の交換＝教育的コミュニケーションの特質に迫り、自明視されたシステムとして教育現象をとらえることで、そこに埋め込まれた不平等生成の仕組みに迫ろうとした試みであった。

　ところが、いまや、教育の場面での交換や、それを具体化する教育的コミュニケーションには大きな変化が生じている。それでも、それらが一つの強固で自明なシステムを成しており、その失敗ではなく成功が、不平等を生成し続けるという点では、半世紀前に本書が到達した地点と大きな違いはない。その視点は、現在日本の教育で進行中のアクティブ・ラーニングのような教育的コミュニケーション革新の試みが孕む不平等生成の解明にも役立つだろう。

日本における変革は可能か

　現代の教育的コミュニケーションにおいて何が交換されているのか。他の資本との交換はどのように行われているのか。その交換のメカニズムと交換のレートはどのように決められ、正当性や機能性を付与されるのか。一見、露骨に正当化されたメリトクラシー（能力主義）の作動に見えて、わからないことは多く残されている。だが、もはやそれを暴くだけでは社会学者の仕事は終われない。暴くだけでは、グローバルに展開する、文化資本・人的資本・経済資本間の交換を正当化している流通＝通用＝妥当の構造は揺るぎもしないからである。

では、どうすれば、その構造自体を変える（揺るがす）ことができるのか。

ブルデューらの先駆的研究がその先鞭をつけ、私たちを誘ったように、新たな理論的立脚点を見つけることが、教育や不平等の問題と向き合う社会学者には求められている。文化的再生産論がフランスという文脈において誕生しやすかったように、その新たな理論的立脚点は、日本の経験からグローバルな現象を見通すことで可能になるのかもしれない。一国内のメリトクラシーを西欧よりも早く完成させた日本は、その成功ゆえに、現在ではグローバル化との摩擦を経験している。その分、目に見えやすい齟齬や軋轢が取り出しやすい。そこに教育の不平等の現代的メカニズムを探るいとぐちがあるのかも知れない。一度はナショナルなメリトクラシーとして先行しながら、現在では前述のグローバル化に立ち遅れている日本の経験が、研究としてのアドバンテージとなり得るのである。その立脚点を探る上で、その後のブルデューらの研究の出発点となった本書から学べることはなお大きい。（構成・編集部／全文は本書所収）

（かりや・たけひこ）

▲ピエール・ブルデュー
（1930-2002）

全国の読者から待望されていた『金時鐘コレクション』全12巻、遂に発刊！

新たな詩世界を生み出した金時鐘

石川逸子

戦前回帰の日本

金時鐘さんは一九二九年生まれ、私より四年だけ年長の詩人は、もう八十八歳のはず。果してお元気かしらとインターネットで検索すると、どうしてどうして矍鑠《かくしゃく》として様々なところで講演していられてうれしくなる。

コリア国際学園のＨＰには、「詩とは何か」をテーマにして「詩とは芸術の源泉である」という言葉から始まり、コリア語と日本語を混ぜて進んだ講演は、「中等部の生徒たちにとって少々難しい内容ながら、金先生の情熱的で論理的な話と生徒たちへの愛情があふれる姿が印象的でした」とある。白髪の写真からも、はるか後輩たちに慈しみをこめて語っている表情がくみ取れる。

大阪では「戦前回帰の時代に抗う詩人の魂」と題した講演も。

そう、この日本はたしかに戦前回帰もいいところ。憲法改正・安保法制賛成と排外的な政党がやたらに跋扈、軍産共同体牛耳るアメリカに追従、朝鮮民主主義人民共和国に向かって牙をむく。沖縄へイトのなか、自衛隊が米軍基地建設のため辺野古《へのこ》に資材を運ぶ。

そもそも朝鮮半島が分断され、いまだに休戦状態なのは、もともと日本が強制的に植民地支配したことに起因する。日本に密航せざるを得ないように時鐘さんを追いこんだ、済州島四・三事件にしても、米占領軍ホッジ中将の声明により、朝鮮総督府の機能・権能がそのまま踏襲され、親日派が大手を振って返り咲いたため。

であれば、まず、日朝平壌宣言（二〇〇二年）を誠実に履行し、裂かれた二つの国を和解させ、休戦を終結させるよう努めるのが、日本のせめてもの贖罪のはず。

厳しい自己剔抉《てっけつ》

ところで、時鐘さんと直接に（それも他の方々とともに）お会いし、ほんの少し口をきいたのは、小野十三郎賞選考委員だった二年間だけなのに、畏敬の念を持ちつつも、親しく感じてしまうのは何故だろう。

　四・三事件をはじめとして辛酸といえる生を生き続け、厳しい自己剔抉、詩は無力だからこそ純粋さを保ちえる、ゆえに詩を書き続けるのだという覚悟のひとは、会えば全身からゆったりとユーモアが漂う。きっと良質なユーモアは、その苛烈な生涯と広い視野から生まれ出るものなのだろう。

▲金時鐘氏、1956 年

　がん丈な塀に囲まれた／門構えの奥は／なぜ　ああも暗かったのだろう。／臭いで一ぱいだった。／その臭いが／柱や　羽目板にしみこんで／芯からかびているみたいだった。

（「日本の臭い」部分、『日本風土記』所収）

　ゆっくりと噛むなかで、じわあっとその想いが体全身にひびいてくる詩群は、在日であるゆえに、日本詩人にはなかった新たな詩の世界を生み出すことができたといえる。そこには、日本官憲に幾度も逮捕・投獄され、ついに北京の監獄で獄死した李陸史《イユクサ》の、或いは福岡刑務所で獄死した尹東柱《ユンドンジュ》の、詩心と精神が、根を張っているにちがいない。

　とんでもない日本の現在を、その手法で今後も容赦なくえぐり出していって下さい。金時鐘さん。

（構成は編集部／全文は本巻月報所収）

（いしかわ・いっこ／詩人）

金時鐘コレクション　全12巻

内容見本呈　四六変上製　各巻解説／月報ほか

1 **日本における詩作の原点**　詩集『地平線』ほか未刊詩篇、エッセイ　解説・佐川亜紀　［第三回配本］

2 **幻の詩集、復元にむけて**　詩集『日本風土記』『日本風土記Ⅱ』　［第一回配本］　解説・宇野田尚哉、浅見洋子　四〇〇頁　二八〇〇円

3 **海鳴りのなかを**　長篇詩集『新潟』ほか未刊詩篇　解説・吉増剛造

4 **「猪飼野」を生きるひとびと**　『猪飼野詩集』ほか未刊詩篇、エッセイ　解説・冨山一郎

5 **日本から光州事件を見つめる**　詩集『光州詩片』『季期陰象』ほかエッセイ　解説・細見和之

6 **新たな抒情をもとめて**　『化石の夏』『失くした季節』ほか未刊詩篇、エッセイ　解説・鵜飼　哲

7 **在日二世にむけて**　「さらされるものと、さらすものと」ほか　文集Ⅰ　解説・四方田犬彦

8 **幼少年期の記憶から**　「クレメンタインの歌」ほか　文集Ⅱ　［第二回配本］　解説・金石範

9 **故郷への訪問と詩の未来**　「五十年の距離　月より遠く」ほか　文集Ⅲ　解説・多和田葉子

10 **真の連帯への問いかけ**　「朝鮮人の人間としての復元」ほか　講演集Ⅰ　解説・中村一成

11 **歴史の証言者として**　「記憶せよ、和合せよ」ほか　講演集Ⅱ　解説・姜信子

12 **人と作品　金時鐘論**　在日の軌跡をたどる　〔附〕年譜・著作一覧

リレー連載　近代日本を作った100人　46

田中正造――「水の人」「土の人」そして「民の人」

田村紀雄

言論をもって鉱毒とたたかう

田中正造の生涯は幕末からの七二年間、人生や活動だけでなく、その精神生活もいくつもの思想を縦断した。自然や農民を愛しただけでなく、異なる知識や思想を尊敬した。少年時、両親の許で学問を学び、明治になると、維新で帰郷した漢学者・森鷗村がひらいた「鷗村学社」のメンバーとして朱子学や陽明学にふれた。自由民権運動では欧米の人権思想を身につけ、鉱毒運動が始まると島田三郎、木下尚江らキリスト者と交わった。

政治への請願活動のなかでは大隈重信、津田仙、榎本武揚、谷干城らと接触、やがて谷中村破壊の国の方針がでるや荒畑寒村、石川三四郎ら社会主義者と親交を結び、村破壊以降は米国から帰国した異端のキリスト者新井奥邃を師と仰ぐに至る。

田中正造の活動は多岐にわたるが、手段は言論と表現行為に徹した。明治十二（一八七九）年『栃木新聞』（現『下野新聞』）を興し、栃木県会議員となる。自由民権活動の波を妨害するべく「加波山事件」を口実に投獄される。権力に対する抵抗心を一層つよめ、第一回総選挙で当選した。

生活や活動の中心であった栃木県西部は、渡良瀬川流域の肥沃な大地であった。江戸時代以来の米どころで、関東平野を南下する河川交通により江戸へ運ばれていた。明治二十三年夏、渡良瀬川の大洪水が発生、上流の足尾銅山の鉱毒が一気に堤防を突き破って田畑を襲った。翌二十四年第二回帝国議会で田中正造は鉱毒問題を公にした。以降、大雨や出水のたびに鉱毒は深刻化、「鉱毒停止」要求の農民運動が広がる。

農民は何度も請願を行ない、被害地の中心・雲龍寺に栃木、群馬、埼玉、茨城四県の約百カ村をまとめた「鉱毒事務所」なる運動の核を設置。田中は戦略や戦術で多彩な方法を編み出し、コミュニケーション手段の全てを採用した。「銅山の鉱業停止」に暴力や違法な方法は採らなかった。言論や表現活動の多用であった。

国会での徹底した質問・演説、各新聞社への広報、記者や指導者たちの被害地への取材案内、村々での無数の小集会、さまざまな社会団体・政党・官公署への陳情、救援要請の運動。活字もビラ、幻燈、生まれたばかりのガリ版。夥しく残存する手紙やはがき。大久保にキリスト者の診療施設を開設、病気の農民を収容し、現地の寺院による仏教徒運営の診療所で困窮農民を支援、後のセツルメント運動の先駆となった。これらの運動支援に参加した知識人、大学生、求道者等は数知れない。運動が局面を変え、田中正造が死去したあとも、かれらの人生に影響を残し、その意識変革に寄与した。

「川俣事件」裁判で運動を全国化

農民の意思決定のため「鉱毒議会」を発足させ、村ごとに「鉱毒議員」を選出。国会、国家頼むに足らぬという異次元での「民衆権力機構」であり、ときの政権を不安におとしいれた。これを粉砕するために政府が作り上げたのが、「川俣事件」（兇徒嘯集事件）である。

農民は「押しだし」とよぶ村々から政府への徒歩による平穏な請願大衆行動を何度も試みていた。農閑期を利用して野宿をかさねながらの上京であった。だが「鉱毒議会」発足直後の明治三十三年二月の上京行動を、政府は利根川の川俣の渡しで大量の警官を動員して阻止、多数の指導的農民を逮捕し、八〇人ほどを制定したばかりの「治安警察法」や「集会及政社法」違反として起訴した。

「事件」公判化により、運動は一気に全国に広がり、前橋地裁から控訴審、大審院、さらに宮城控訴審への差し戻しを経て、ここで立消えになった。日露戦争が迫っていたからだ。田中正造は幸徳秋水の手になる直訴状を明治天皇に路上で提出。鉱毒地の最下流の谷中村を全村水没させて「遊水地」を造る政府の試みに抵抗して村内に移住、徹底した抵抗を試みた。

（たむら・のりお／東京経済大学名誉教授）

▲田中正造（1841-1913）

下野・小中村（現、栃木県佐野市）の生まれ。安政4年17歳で父を継いで名主に。同時に土もいじる農民であった。まもなく農民間の水争い問題に遭遇、生涯「水」とともに生きることに。明治維新以後は東北の花輪（江刺県、現秋田県）に公務員として勤務するが今度は刑事事件の冤罪で下獄、波乱万丈の人生の始まり。帰郷後は彼の名を歴史に刻む「足尾鉱毒問題」の運動に身を投じ、大正2年数え73歳で渡良瀬川沿岸の農家宅で死去。日本の「近代化」にともなう社会の軋みと正面から取り組む運命となった。明治を全力で駆け抜けたため多様な顔をもち、伝記も次々と書き改められてきている。

連載　今、世界は（第Ⅳ期）9

ヴァリニャーノと天正見世物使節

平川祐弘

イタリアの魅力を日本はいつ発見したか。

天正年間、四人の少年はルネサンス末期のローマへ赴き、法王グレゴリウス十三世に謁見、歓待を受け、八年後に帰国した。ティントレットの息子ドメーニコが伊東鈍満所《ドン・マンショ》の肖像を描いた。世間は麗々しく遣欧使節と呼ぶが実体は違う。岩倉米欧使節と違って、少年使節に主体性はなく、イタリア報告は後世に何も伝わらない。それは幕府の禁教政策のせいではなく、少年らはヴァリニャーノの演出で連れて行かれ、イエズス会士の日本における宣教成果の宣伝に西洋各地で使われた、いわば見世物の *quattro ragazzi* だったからである。

少年らが各地で書き残した礼状は同行イエズス会士が口授したもので個性はない。イタリア語理解力は低く、客観的な判断ができたわけではないようだ。ペーザロからボローニャへ行く途中、イーモラで休憩した。そしたら日本の地名に似ている「井村だ、井村だ」と喜んだ。その程度だ。少年使節が各地で歓迎されたのは間違いないが、私が東大史料編纂所で五十数年前に下読みした文献には少年たちのそんな幼稚さ加減も出ていた。

だが史料を取捨した岡田章雄教授は「Imola は井村だ」程度のはしゃぎようは記録に値しないと判断し、『大日本史料』第十一篇別巻『天正遣欧使節関係史料』に印刷していない。私は少年たちは拉致され洗脳されたとまでは言わぬが、体よくイエズス会のプロパガンダに使われたのだとその心憎い演出に感心し、かつ寒心した。

新井白石は『西洋紀聞』巻下に、イエズス会士が九州で「いとけなき子を携来て」ローマへ連れて行こうとしたことにふれ、漢文が達者な利瑪竇《りまとう》については元東洋の穎悟《えいご》な少年をマカオあたりから連れて行き西洋で教育した上で宣教にまた派遣したのではないかと疑った。後者の推理は間違いで、利瑪竇はイタリア生まれのマッテオ・リッチだが、白石の鋭さが感じられる。

（ひらかわ・すけひろ／東京大学名誉教授）

■〈連載〉沖縄からの声　［第Ⅲ期］10

琉球語

作家　大城立裕《おおしろたつひろ》

ある言語学者によれば、琉球語は方言というには遠すぎ、外国語というには近すぎるという。文法はまったく日本語で、中国語の流入は名詞のみ数十個に限られる。ただ、語彙一般に日本古語とつかず離れずで、県外の人にはちょっと聞きとりづらい。

一八七九年に日本政府が琉球王国を併合し、まず手をつけたのは、普通語（日本語、標準語）の普及で、会話伝習所というものを作った。「今日はよい天気です」＝「ちゅーや、いいてぃんちだやびる」といった調子の教科書をつくって、『沖縄対話』と題した。国家統一のためにぜひ必要だとしたわけである。その後、一九四五年の戦争にいたるまで、その離れ具合は数々の悲劇を生み、差別のタネにもなった。

『沖縄対話』での日本語の基本文体は丁寧語だが、その対訳としての琉球語は、琉球社会のなかでの敬語である。琉球社会の会話には敬語と非敬語しかなく、丁寧語がなかった。じつは日本語でも近世期までは同じ事情があったが、明治になって地方差をなくして標準語を創る過程で、この丁寧語を創って、標準語化を加速させた。

琉球では、これだけの面積のなかに、諸地方の方言のバラエティーが著しい。が、その標準語化が一気に日本語で間に合ってしまった。丁寧語も日本語で間に合った。今日、琉球語の復活・普及の声があるが、地方語の多さと丁寧語がないことの壁が厚い。

日本語の普及で意思の一般的な疎通は間に合ったが、風土的な個性に由来する方言のなかには、日本語にしにくいものが少なからずあり、日本語をあつかう詩人や小説家は、明治から今日にいたるまでこれに苦慮した。

方言の世界が文学に適さないと思い込んでいる時代もあった。「山といふ山もあらなく川もなきこの琉球に歌ふ悲しさ」（長浜芦琴、一九一〇年）

ただ、方言が独自の文学的価値を生む例がいくつかあり、一九七三年に復帰記念特別国体の表題とした「若夏」という語は、八重山地方で古語の温存されたものだが、これが『広辞苑』第五版に載って、日本語の語彙をふやすことに貢献した。

Le Monde

■連載・『ル・モンド』から世界を読む［第Ⅱ期］17

三日に一人

加藤晴久

昨年一一月二五日付『ル・モンド』で、féminicideという、見知らぬ単語を見た。-cideは「……殺し」を意味する合成語要素。homicide「殺人」、parricide「親殺し」、fratricide「兄弟（姉妹）殺し」、infanticide「嬰児殺し」、suicide「自殺」、génocide「ジェノサイド」、pesticide「（農業用）殺虫剤」……。みんな辞書に載っている。

記事の最初の文を読んで目を疑った。「フランスでは三日に一人の割合で女性が配偶者あるいは元配偶者に殺害されている」（！）。

二〇一六年の数字で一〇九人。現／元配偶者による殺人未遂事件の女性被害者は一四三人。

新聞の社会面で取り上げられるとしても、大半は、「夫婦間のもめ事」「愛情のもつれ」など「プライベートな次元」の話として片付けられてしまう。しかし、司法・精神医療・社会福祉・フェミニズム運動など、次第に多くの専門家がこれをféminicide「妻殺し」と呼び、「社会問題」としてとらえるべきである、と主張するようになっている。映画プロデューサーのワインスタイン事件以来、女性に対する性差別的・性的暴力の問題はヨーロッパ諸国でも大きな問題となっているが、この暴力の底にある論理とメカニズムを解明する必要がある。

現／元配偶者、現／元愛人を殺害する男性はその行為を犯す以前に長期間にわたって心理的・物理的暴力を相手に加えている。相手がその暴力から逃れた／逃れようとしているのが許せないのである。二〇一六年、配偶者に殺害された男性は二九人いた。未遂の被害者は四八人。加害者である女性は男の暴力から逃れようとして、ときには子どもを守ろうとしてその行動に出たのである。女を自分の所有物とみなす「男性支配」の長い歴史の現実態と考えるべきである。

折しも、一一月二五日は国連の「女性に対する暴力撤廃の国際デー」。フランスのマクロン大統領は各界の代表二〇〇人を前に演説し、女性に対する暴力とのたたかい、男女平等の実現は、フランスのもっとも重要な「大義」であると宣言した。

（かとう・はるひさ／東京大学名誉教授）

■連載・花満径　22

のどには死なじ

中西　進

山海に征戦して屍をさらす死を、仏教でいう横死と考えながらそれを敢えて否定しないとした大伴の言立ては、この覚悟を最後の一句で「のどかに死ぬことを望まない」と、断言した。

ではこの断言には、どれほどの重みがあったのだろう。

『万葉集』を見ると、古代人は道で行き倒れの死者にあった時、必ずねんごろにことばを手向けることが常であったことがわかる。

道べで死んでも、君が名は忘れられないだろうと永遠を願うことや、家に残した妻らが待ち侘びているだろうと、温かい愛によって魂を慰撫することを心がけたのだった。

むしろことばによって鎮魂しなければ悪霊の祟りを免れられないと、信じていたのだろう。

じつはそのことは、現代にも引きつがれている美風ではないか。

たとえば町などで霊柩車とすれ違うと、掌をあわせて頭をさげる人を見かける。

まさに行きずりの、誰とも知れない死者の霊に祈りをささげる美風が、これほど殺風景になってしまった大都会の中になお残っているのは、古来、行路死者との出会いに際して挨拶を欠かさなかったからだろう。

せめてこれほどの鎮魂の祈りだけでも受けられる死を、人びとは願ってきた。

これを仏教では安穏死と称して、死の受容を人びとに勧める。だから仏典には「安穏」ということばが頻出する。

一例をいえば西來寺所蔵仮名書きの「法華経」には三十六回にわたって安穏の文字を見ることができる（萩原義雄氏編『西來寺蔵仮名書き法華経対照索引並びに研究』による）。

「のど」という単語は『万葉集』でも水の流れなどに用いられるが、叙景語は外来の抽象語の受け皿だった。

大伴の言立てでは「のど」が「安穏」の訳語として用いられ、安穏をきっぱりと拒否したのが、言立ての表現だったと考えられる。

（なかにし・すすむ／国際日本文化研究センター名誉教授）

〈連載〉生きているを見つめ、生きるを考える ㉞

脳科学から人間の「意識」にどう近づくか？

中村桂子

賢さという柔かな言葉の陰には意識という硬い言葉がありそうだ。

今回は「意識」である。このところ急速にＡＩが話題になり、それが人間を超えるなどと言う人までいるので、人間の側をよく考えなければならないという気持が強くなっている。人間を見る切り口が難しいが、ここでは、脳科学から見ていく。神経細胞で起きる化学的反応、電気的反応で動いている脳のはたらきからどうやって意識が生まれるのかと考えても、すぐに答えの浮ぶものではない。そもそも意識がそれですべて説明されるのだろうかという素朴な問いの方が先に出てきてしまう。

しかし、意識の裏に脳の反応があることは確かなので、これですべてが説明できるか否かは別にして、今わかっていることを見ていくことにする。脳神経科学の研究が着実に進んでいるのは、見る、聴くなどから生まれる感覚意識体験である。

始まりは、有名なＤ・ヒューベルとＴ・ウィーゼルのネコを用いた実験であり、網膜に与えた点の刺激が第一次視覚野では線としての反応になっていることを示した。つまり、脳内で、眼球から視覚野にいたる間に信号処理がなされているという発見である。この変化を追えば、文字や図形などがどのように受けとめられているかを知ることができる。

そこで意識に関わるニューロン活動を捉える実験が始まった。動物は麻酔下でも視覚刺激に反応するので、それを除かなければならない。ここで考え出されたのが両眼視野闘争である。右眼は縦縞、左眼は横縞というように異なる刺激を与えると眼球の間で意識の奪い合いが起き、ある時は縦縞、ある時は横縞が見える。一方は、入力も脳内での処理もあるのに見えないのだ。

一九八六年、若いＮ・ロゴセシスはこの両眼視野闘争がサルにもあることを見出し、意識に関わるニューロンを探す実験を可能にした。こうして脳科学から意識に近づけるところまで研究は進んだ。その後の解は次回紹介する。

（なかむら・けいこ／ＪＴ生命誌研究館館長）

連載　国宝『医心方』からみる　10

葱

槇　佐知子

冬は鍋ものの季節。その鍋ものに欠かせない脇役の一つにネギがある。

ユリ科多年草のネギは中央アジア原産で、殷代から春秋時代にかけての中国最古の詩集『詩経《しきょう》』に登場。わが国の『日本書紀』の、第二十四代仁賢《にんけん》天皇紀にも見える。古代には葱《き》と読み、後に葱《そう》、葱《ねぎ》と読む。

平安時代の女房ことばでは、ネギを「ひともじ」、韮《にら》を「ふたもじ」といった。

かつて転勤族として群馬県に住んだときは、下仁田葱《しもにたねぎ》のおいしさを知った。下仁田は利根川に注ぐ鏑《かぶら》川《がわ》の上流の谷口に在り、コンニャクとネギを特産とする上州南西部の甘楽《かんら》郡の町の一つである。

葉先まで美味しい九条葱は刺身のつまや納豆、そば等の薬味や味噌汁に、その他、根深や細葱、軟白《なんぱく》葱など、さまざまな種類がある。

葱坊主と呼ばれる葱の実は、昔から視力を良くし、滋養を与え、気血を旺盛にする効能があるとされ、漢方薬として使われて来た。

『医心方』では食品としての葱は五菜の四十六番めに、次のように記載する。

○疾病や悪寒発熱の症状に対し、発汗作用がある
○顔や瞼のむくみ、のどの腫れと痛みを治す
○胎気を安定させ、流産を防ぐ
○肝臓の病気を除く
○五臓をじょうぶにする
○あらゆる薬毒を消す（以上、『本草』）
○茎の白い部分の性は冷、青い部分の性は熱に属す
●人の心気を損傷するので食べないようにせよ（以上、崔禹《さいう》の説）

なお、現代中国の『中薬大辞典』は、葱葉、葱汁（ネギを搗いて採った汁）、葱花、葱実、葱須《しゅ》（ネギのひげ根）の効能について記載するが、禁忌は「ふつうの感冒や各種急性伝染病の初期症状で、汗がたくさん出る者は慎め」と。汗が出すぎることへの配慮であろう。

なお一五七八年成立の『本草綱目《ほんぞうこうもく》』では、「わきがのある者は慎め」としている。

（まき・さちこ／古典医学研究家）

十二月新刊

明治維新一五〇年記念に贈る、新しい日本史！

別冊『環』㉓ 江戸―明治 連続する歴史

浪川健治・古家信平編

序「連続する「時間」と「空間」からの日本史」

I 考える――学問と知識人
デビッド・ハウエル／武井基晃／吉村雅美／ショーン・ハンスン／岩本和恵／北原かな子／楠木賢道

II 暮らす――地域と暮らし
古家信平／宮内貴久／清水克志／平野哲也／及川高／萩原左人／塚原伸治

III 変わる――社会と人間
浪川健治／根本みなみ／山下須美礼／柏木亨介／中里亮平／神谷智昭

〈付〉関連年表、各部にコラム

菊大判　三三六頁　三八〇〇円

「寛容」という言葉に託された希望のありかとは

多田富雄コレクション（全5巻）

5 寛容と希望 未来へのメッセージ

完結

解説＝最相葉月・養老孟司

「若い人に、この作品集を読んでもらいたい」（養老孟司）

科学・医学・芸術のすべてと出会った青春時代の回想と、「医」とは、科学とは何かという根源的な問い、そして、次世代に託すもの。

附＝著作一覧・略年譜

口絵4頁

四六上製　二九六頁　三〇〇〇円

近代日本最大の逆説的存在から照射する明治百五十年

明治の光・内村鑑三

新保祐司

キリスト教という「薬」抜きに西洋文明という「毒」を移植した日本近代が、根柢的に抱える欠落とは何か。明治百五十年の今、終焉を迎えつつある「日本近代」を、内村鑑三というトップライトから照らし出すと共に、内村という磁場に感応して近代の本質を看取した明治から昭和の文人・思想家たちの姿を描く渾身作。

四六上製　三九二頁　三六〇〇円

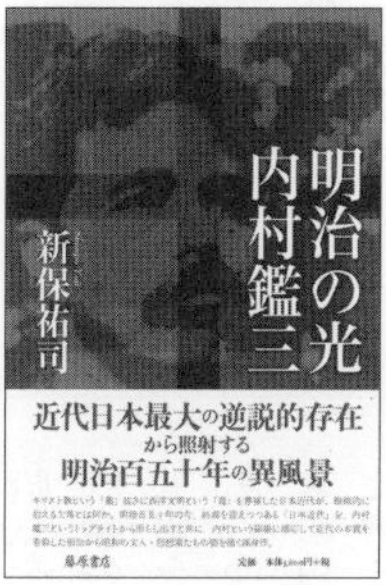

中国史上最高のリベラリストの決定版評伝

胡適 *1891-1962*

中国革命の中のリベラリズム

J・B・グリーダー　佐藤公彦訳

米国でデューイにプラグマティズムを学び、帰国後は陳独秀、魯迅らと文学革命を推進。マルクス・レーニン主義を批判し、蒋介石に接近して第二次世界大戦中は駐米大使を務める。中華人民共和国の成立で米国に亡命。一九五〇年代前半、中国では大規模な胡適批判運動が起こったが、今なお中国のリベラリストたちに根強い影響を与える思想家の初の本格的評伝。

口絵4頁

A5上製　五八四頁　八〇〇〇円

読者の声

大田堯自撰集成 補巻
地域の中で教育を問う〈新版〉■

▼大好きな大田先生の集大成ということで、先生の生きて来られた歩みを感じました。力強くも、あくまでも謙虚な姿勢が、一貫されています。これから年月をかけて、私の歩みで先生の想いに触れ続けたいです。

（新潟　労働衛生専門職　**木村明子**　37歳）

〈新版〉内発的発展とは何か■

▼奥行きの深い内容で大いに教えられました。地球環境も世界政治も将にレッドラインを踏み越えようとしている時このような書物が出版されましたことに敬意を表しエールをおくります。

（東京　**石川證**　80歳）

日本の科学　近代への道しるべ■

▼医学が科学の一つとして展開してゆく様子がよくわかる。しかし富永仲基、『天経或問』あたりは、いくらか外れて理解しにくい。

（兵庫　**服部昭**　80歳）

声なき人々の戦後史㊤■

▼鎌田さんの書は、絶望の覚悟を持って読みはじめ、絶望の心境で読み終ります。本書もそうでした。救いがあるのはご本人の鎌田さんが全然へこたれていないことです。もうご高齢でございますが、足元お大事に終末の日本に一条の灯明を灯して下さい。

（神奈川　僧侶　**髙橋芳照**　74歳）

声なき人々の戦後史㊤㊦■

▼久しぶりに、立憲民主党の言っている様な内容の本にめぐり会えました。私の大好きな論調の本でした。

（北海道　医師　**宇野洋一**　66歳）

「生きものらしさ」をもとめて■

▼『読売新聞』夕刊で記事を見て、学習用に英訳を試みた。英訳し難い用語と文章でした。本書を購入後、著述を読み、どおりでと納得した。紹介記事では読み取れなかった内容が解り感動しました。素晴しい本に出会えたと嬉しく思います。

（奈良　NPO奈良観光外国語ガイドクラブ監事　**井上正孝**　71歳）

存在者　金子兜太／語る　俳句　短歌／峡に忍ぶ■

▼黒田杏子氏の『存在者　金子兜太』から始まり、『語る　俳句　短歌』（金子兜太・佐佐木幸綱）、『峡に忍ぶ』（中嶋鬼谷）と三冊続けて拝読。俳句見習には目を見張ることだらけの学びのひととき、感謝だった。俳句を通す縁を俳縁というそうだが、金子先生も黒田先生も、この俳縁の糸をいつでも誰でも摑めるように願い、孳孳《じじ》として紡いでいらっしゃる。この国独特の短詩文化がこうして長く続くのも、先達の方々の闘いお心のお陰もあるのだと改めて痛感した。私もこの歳で俳句と邂逅。ささやかな御礼はすこしずつ俳句に返していきたい。

はな杏子墨痕淋漓「存在者」　明惟久里

金子先生の白寿の御本、楽しみにしています！

（東京　**明惟久里**　54歳）

〈増補新版〉文化的再生産の社会学■

▼格差の実体が何んであるかの理解に役立ちました。フランス人のアイロニカルな思考方法を学べてよかったです。専門外の分野で、読み直しをして、自分のものに……。

（広島　**舛木順二**）

無常の使い■

▼お釈迦さんの教えの中に、死後生

という言葉があります。追悼された方々は今も生きて我々に教えを伝えておられるように思います。石牟礼さんのするどい観察力と美しい文章で、『花を奉る』で悼詞された、石田晃三さんは大阪毎日放送でドキュメンタリーを制作している若者たちの中に生きています。再度『無常の使い』ですばらしい仲間に入れていただきうれしくおもいます。お陰様で大きな自信とはげみになっています。感謝です。（兵庫　**萩原敏**　77歳）

▼『無常の使い』は非常に読み応えがありました。いづれの故人も、その道を極めた方々であり、深く敬愛申し上げます。石牟礼道子さんの対人関係は、深い魂の交換と親愛の情に満ちています。彼女は私が真人間に数える文化人の一人です。故人で最も印象に残った方は「ミツバチの話」の「田上義春」さんです。ご冥福を祈ります。（京都　**中村久仁子**　62歳）

真実の久女■

▼坂本宮尾様

私は「久女」に心酔して、三〇年になります。田辺聖子著『花衣ぬぐやまつわる……――わが愛の杉田久女』を読んだ日から、俳句という文学に驚きました。私は六十歳で大病を得て、生命を大切にしようと、一念発起して俳句の門をたたき、今に至るのです。坂本様の冷静な筆致と深い調査による事実に真に胸がすっきりいたしました。ありがとうございました。（福岡　主婦　**一木ミドリ**　67歳）

見えないものを見る力■

▼林業関係のドイツ語通訳をすることが多いのですが、日本の林業にとっても参考になり、とてもおもしろかったです。（岡山　通訳　**林皆仁**　23歳）

※みなさまのご感想・お便りをお待ちしています。お気軽に小社「読者の声」係まで、お送り下さい。掲載の方には粗品を進呈いたします。

書評日誌（一・八〜二・三）

㊌ 書評　㊚ 紹介　㊒ 関連記事
㊢ テレビ　㋑ インタビュー

一・八　㊒毎日新聞（net）［鎌田慧『声なき人々の戦後史』の出版をお祝いする夕べ］（「幸せの学び〈その181〉」／「反骨のルポライター」／城島徹）

一・二〇　㊚東京新聞［シンポジウム「今なぜ、竹山道雄か」］（「ほんの催し」）

　㊚毎日新聞（夕刊）［シンポジウム「今なぜ、竹山道雄か」］（「クリップ」）

一・二七　㊚朝日新聞［シンポジウム「今なぜ、竹山道雄か」］（北野隆一）

　㊚日本経済新聞「完本 春の城」（「読む！ヒント」／「歴史の『常識』覆す最新研究」／「武闘派の西郷隆盛　少なかった蒙古軍」／山田剛）

二月号　㊒文藝春秋「『医心方』事始」（「天皇皇后も愛読される『医心方』のすごい処方箋」／槇佐知子（取材協力・佐藤あさ子））

秋号　㊒静岡県総合情報誌　ふじのくに「日本思想の古層」（「知事対談」／「日本文化に根ざした『平和』の発信」／梅原猛＋川勝平太）

二・三　㊌毎日新聞「時代を『写した』男　ナダール」（「一生涯大志を抱いたボヘミアン」／本村凌二）

二・五　㊌日刊ゲンダイ「いのち愛づる生命誌」（「週間読書日記」／「人間も動物も38億年前のひとつの細胞から生まれた」／大石芳野）

二・三　㊚図書新聞17年下半期読書アンケート「声なき人々の戦後史」（金平茂紀）「時代を『写した』男　ナダール」（小倉孝誠）

『竹山道雄セレクション』全4巻 完結記念シンポジウム

今なぜ、竹山道雄か

二〇一七年十一月二十八日（火）午後六時 於・アルカディア市ヶ谷

昨年五月の『**竹山道雄セレクション**』（全四巻）完結、及び十一月の『**手紙を通して読む竹山道雄の世界**』刊行を記念するシンポジウムが開催された。ドイツ文学から出発した竹山道雄（一九〇三―八四）は、現在では『ビルマの竪琴』の作者として最も知られるが、竹山に直接学んだり、その著作から大きな影響を受けたパネリストが勢揃いし、竹山の人と思想を縦横に論じ合った。

問題提起は**芳賀徹**氏。旧制一高時代以来の竹山との親交を紹介し、煙草を吸う仕草から、東西を超えた教養の広がりに至るまで、学生の憧れを喚起し、関心を惹き付ける、教師としての魅力を語った。

同じく学生時代にドイツ語クラスで竹山に習った**秦郁彦**氏（元千葉大学・日本大学教授）。ドイツ語の先生であった竹山を、後年になって担任だと思い込んでいたのは、その強烈な存在感ゆえであったという。

続いて発言した**牛村圭**氏（国際日本文化研究センター教授）は、竹山の『昭和の精神史』に学び、自身も東京裁判の研究に進んだ。歴史研究の進歩した今、竹山の問題提起を深めるための視点を提示した。

竹山の女婿にあたる**平川祐弘**氏（東京大学名誉教授）は、『**竹山道雄と昭和の時代**』以来の小社刊の書籍で、竹山の仕事を改めて現代に知らしめた。日本近代において、竹山ほど多くの外国人と親交を持った知識人は類をみないと指摘する。

稲賀繁美氏（国際日本文化研究センター副所長）の巧みな司会のもと、世代を超えた視点から竹山の人となりと息づかいが現代に蘇る一夕となった。（記・編集部）

『男のララバイ』発売＆喜寿記念

原荘介リサイタル

二〇一七年十一月三十日一九時 於・武蔵野公会堂

ギターひき語りの第一人者、原荘介さんが、森繁久彌さん、川内康範さんらとの交友を綴った最新エッセイ集『男のララバイ』が、小社から出版された。

この出版記念と銘打たれたリサイタルは、本書にも登場し、今年逝去した土屋嘉男さんを偲ぶリサイタルでもあった。ゲストに**加藤登紀子**さん、そしてヴァイオリニストの**小西智子**さん、バラライカの**北川翔**さんも駆けつけた。

益々の活躍を祈念する。（記・編集部）

二月新刊予定

わが国初の本格的釈伝、遂に完成！

釈伝 空海

西宮 紘

独自の視点から空海の思想を読み解く、空海研究に一石を投じた前著『空海――火輪の時空』から三十年。空海の膨大な著作及び関連資料等を読み解き、わが国初の本格的釈伝を完成。空海の生涯は、殆んど闇に包まれ明らかではないが、空海の生地は、讃岐国ではなく、奈良であることを大胆に例証提起するなど、従来の空海の常識を覆す野心作。本書執筆後急逝、遺作となる。

20世紀、最も重要な指導者たちの物語

奇妙な同盟（上）（下）

ルーズベルト、スターリン、チャーチルはいかにして一つの戦争に勝ち、もう一つの戦争を始めたか

J・フェンビー　河内隆彌訳

一九四一年八月、ビッグ・スリーが初めて顔を合わせたテヘラン会談から、四五年八月の日本降伏まで、数々の挿話・秘話を散りばめた四年間の物語。彼らの「同盟」は、イギリスにとっては命綱であり、ソ連にとっては超大国への道筋、そしてアメリカにとっては、世界の覇権国家となるには単独では不可能であることを示すものだった。

プーチン研究三部作、遂に完結！

プーチン

外交的考察

木村 汎

「大国」ロシアをエリツィンから引き継いだプーチンとは何者か？

プーチンは、なぜ長期に政権を維持してきているのか？　「人間的考察」「内省的考察」に続いて、外交の側面からプーチンの内実に本格的に迫った決定版。プーチン外交は、国内の最高政治権力者である自ら決定を下し、イデオロギーによらず手段を選ばないという特色がある。前作で正論大賞受賞。

第10回河上肇賞・奨励賞受賞作

詩の根源へ

飯塚数人

詩が、〝難解〟な現代詩と、詩と似て非なる「ポエム」に二極化されたかに見える現在、そもそも「詩」とは何かを改めて問い直し、音楽と言語とが渾然となった「詩」の発生の根源に立ちかえる。「詩」が自然への訴求として発生したからこそ、現代における自然との一体化・共生の回路がそこに開かれることを跡づけ、詩の魔術的な力の再生への方途を探る。

＊タイトルは仮題

1月の新刊

タイトルは仮題、定価は予価。

金時鐘コレクション（全12巻）発刊 内容見本呈

2 **幻の詩集、復元にむけて** ＊ 口絵4頁
詩集『日本風土記』『日本風土記Ⅱ』
推薦＝鵜飼哲　金石範　高銀　佐伯一麦
辻井喬　鶴見俊輔　吉増剛造　四方田犬彦
〈解説〉宇野田尚哉・浅見洋子
四六変上製　四〇〇頁　二八〇〇円

「戦争責任」はどこにあるのか ＊
アメリカ外交政策の検証　1924-40
Ch・A・ビーアド
開米潤・丸茂恭子訳
A5上製　五二〇頁　五五〇〇円

知の総合をめざして ＊
歴史学者シャルチエとの対話
P・ブルデュー
加藤晴久・倉方健作 編訳＝解説
四六上製　二六四頁　三六〇〇円

敗走と捕虜のサルトル ＊
戯曲『バリオナ』「敗走・捕虜日記」
「マチューの日記」
J-P・サルトル　石崎晴己編訳＝解説
四六上製　三六〇頁　三六〇〇円

〈新版〉**教師と学生のコミュニケーション** ＊
P・ブルデュー他　安田尚訳
新版への序＝苅谷剛彦
A5上製　二四〇頁　三六〇〇円

2月以降の予定書

釈伝 空海 ＊
西宮紘

奇妙な同盟㊤㊦ ＊
ルーズベルト、スターリン、チャーチルはいかにして一つの戦争に勝ち、もう一つの戦争を始めたか
J・フェンビー　河内隆彌訳

プーチン ＊
外交的考察
木村汎

詩の根源へ ＊
飯塚数人

風　魂
パンの笛に魅せられて
岩田英憲・西村恭子
序＝渡辺俊幸（指揮者）

好評既刊書

多田富雄コレクション（全5巻）完結

5 **寛容と希望** 未来へのメッセージ ＊ 口絵4頁
解説＝最相葉月・養老孟司
四六上製　二九六頁　三〇〇〇円

明治の光・内村鑑三 ＊
新保祐司
四六上製　三九二頁　三六〇〇円

別冊『環』㉓ **江戸－明治 連続する歴史** ＊
浪川健治・古家信平編
菊大判　三三六頁　三八〇〇円

胡 適 1891-1962 ＊
中国革命の中のリベラリズム
J・B・グリーダー　佐藤公彦訳
A5上製　五八四頁　八〇〇〇円 口絵4頁

資本主義と死の欲動
フロイトとケインズ
G・ドスタレール＋B・マリス
斉藤日出治訳
四六上製　二六四頁　三〇〇〇円

手紙を通して読む
竹山道雄の世界
平川祐弘編著
A5上製　三八四頁　四六〇〇円 口絵4頁

男のララバイ 心ふれあう友へ
原荘介
四六上製　三八四頁　二八〇〇円

海 マーレ mare
武田秀一
四六上製　四九六頁　三二〇〇円

「地政心理」で語る半島と列島
ロー・ダニエル
四六上製　四〇〇頁　三六〇〇円

＊の商品は今号に紹介記事を掲載しております。併せてご覧戴ければ幸いです。

書店様へ

▼昨年末には「出版業界市場規模ピークから半減」などという見出しが駆け巡っておりましたが、恐らくまだまだ厳しい状況は今年も続くかと存じます。小社もより一層積極的な出版活動を続けて参りたいと存じますので、引き続きのご支援、ご協力よろしくお願い申し上げます。▼12／25(月)『毎日』で最新刊**『声なき人々の戦後史㊤㊦』**が大反響の**鎌田慧**さんインタビュー記事が一面丸々使って大きく掲載！　各紙「今年の収穫」企画でも取り上げられ大反響です。再度在庫ご確認を。▼12／17(日)には、『朝日』『産経』の2紙同時に**堀真理子『改訂を重ねる「ゴドーを待ちながら」』**が絶賛大書評！　2月には白水社さんから待望の新訳「ゴドー」も刊行予定と聞きます。単に演劇の棚だけでなく、外文でも大きくご展開ください！▼12／3(日)『毎日』での本村凌二さん絶賛大書評に続き、『週刊文春』12／21号「私の読書日記」欄でも鹿島茂さんが**石井洋二郎『時代を「写した」男 ナダール』**を絶賛大書評！　こちらは歴史の棚をメインにぜひ！　（営業部）

出版記念講演会

「地政心理」で語る半島と列島

〈講演〉**ロー・ダニエル**（Asia Risk Monitor Inc.,）
コメンテーター **小倉和夫**（国際交流基金顧問）
【日時】2月2日（金）18時半開演（18時開場）
【場所】日本プレスセンター ABCホール
（千代田線、日比谷線、丸の内線「霞ケ関」他）
【会費】無料（全席自由）
【定員】二五〇名程度（先着順）
＊お問合せ・お申込は藤原書店まで

講演と語りの集い

石牟礼道子の宇宙《コスモス》
――私にとっての石牟礼道子

〈講演〉**高橋源一郎**（作家）
田口ランディ（作家）
〈詩劇〉　構成・演出＝笠井賢一
「六道御前」より（出演＝金子あい）／「水はみどろの宮」より（出演＝新井純、坪井美香）／「椿の海の記」（出演＝井上弘之）
【日時】3月11日（日）18時開演（17時半開場）
【場所】早稲田大学 小野記念講堂
（早稲田大学27号館 地下2階）
【会費】無料（資料代千円程度／全席自由）
【定員】二〇六名（先着順）
＊お問合せ・お申込は藤原書店まで

出版随想

▼二〇一八年、今年も明けた。六十代最後の年をどう送ることができるか。課題は山積。下降し続ける出版界に光が射せるか。今なお漏れ続ける放射能をアンダーコントロールできるのか。大災害が勃発しないか。さまざまな不安や思いが駆けめぐる。良き年にしたいと思う。

▼金時鐘。戦後、朝鮮半島から流れ着き、「在日」を生きぬいてきた戦後史の生き証人。一昨年、半生を綴った自伝『朝鮮と日本に生きる――済州島から猪飼野へ』で大佛次郎賞を受賞した。氏との出会いは、二〇〇二年春、学芸総合誌・季刊『環』〈特集・「歴史のなかの『在日』」〉で、尹健次氏と対談していただいた時である。齢七十を少し過ぎておられたと思うが、スラッとした長身で、姿勢が良いのに驚いた。話を聴いていると、詩人とは詩を書いている人ではなく、詩的精神で生きている人のことだ、と。その通りだ。いくら知識を詰め込んでもそれが自分の中で血肉化されていないと他人に響く言葉にならない。言葉とは、己の内部から実存をかけて紡ぎ出すものだけが相手の心に響くのだ、と。ウーンと唸る。迫力のある言葉の連続。一体、この人はどういう生き方をされてきた方なんだろう？ それ以後、金時鐘氏という〝畏人〟との出会いの旅が始まった。

▼三年後、絶版になっていた『猪飼野詩集』と『光州詩片』を合本にした『境界の詩――金時鐘詩集選』を、その五年後に、『失くした季節――金時鐘四時詩集』（高見順賞受賞）を出版した。

▼ある時、金時鐘氏の仕事をまとめて残したい衝動に駆られた。まず、氏の仕事の全貌を鳥瞰《ちょうかん》したいと云うと、A女史をご紹介いただいた。まだうら若き二十歳代の女性のようだが、氏の断簡零墨に至るまで探し出し読みこんでいる。こういう人が現れるのも氏の凄じい生き方があってこそ。編集会議を五、六年やる中で、H氏やU氏のご協力もあり、全体像が浮かび上がってきた。ようやく第一回配本が出せる時がきた。氏自身のもとからも散逸し残っていなかったものがA女史の手で集められた。今月下旬、その詩集が復元されて出版されることになった。その出発は、日本の読者にどのように迎えられるだろうか。（亮）

やえむぐらの
おおえるにまかせた
父の
骨の痛みだけを訴えてきた
母よ。
思いは呪いに似て
暴虐と圧制の地に
生きうるものの証しを
ぼくはあなたに迫られる。
イエルサレムの遠さにせかれながら
焦土地獄に這いつくばった
ユダヤ人だけが知っている距離に
身もだえる。

遠い。
はてしなく遠い。
月への道が開かれても
この距離の究めうる日は
永遠にこないだろう。
母よ。
からからに干からびた
韓国で
ミイラとなった母よ。
宇宙軌道からの地球は
マリモのように美しいそうです。
しんそこ
あなたにいだかれた日々は

美しいものです。
不毛の韓国を抱いて
動かぬ母に
夜半。
いつか孵化するであろう
ういういしい青さを手向ける。
母の
呪いと愛にからまれた
変転の地で
迎撃ミサイルに追いつめられる
機影のように
父の地
元山を想う。

一人子の
息子に置き去られて
なお
帰れと云わぬ母の
地の塩を
這いつくばって
なめる。

――1961・8・14・夜

秋の夜に見た夢の話

旅を知らない　俺が
夢を見た。
東海道を　逆に乗ったか
それとも　山陽線を縦に乗って
裏日本に出てしまったのか
俺は知らない。
あの　灼きつくすような　熱砂が
ことごとく　冷えきっていたのだ。

もう　そこには　歌なぞない。
時おり　海から吹きつける　烈風に
砂が、小じわを寄せるくらいのものだ。
有刺鉄線がすっかり錆びついて
あれほど騒がした　着弾地にも
人かげがない。
すべてが　なされるままだった。
根の浅い、砂地の草に　腰を下ろして
しげしげと見つめていたら
俺は　思い出したのだ。
来たことはないが
それでも　よく知っている
あの　ウチナダというところだ。

ふん！　漁民たちはまだ生きているのかな？——
かまぼこ型の　兵舎を見下ろしているうちに浮気な俺は　もう　富士山麓に
　立っている。
さしずめ　もみじと　いきたいところだが
この広々とした　すすきの穂波も悪くはない。
天然記念植物地帯のこのA地区に
むしろ旗と　あかはたが林立したのは
たしか　今年五月の　ことだったか？
早いもんだなあ。
もう　秋が来て、花が枯れている
とつぜん　うすら寒くなって
うしろを振り向いたら
あの本栖の砲座に

でん　と　オネスト・ジョンが座っているのだ。
俺は　恐しくなって　すっとんだ拍子に
かんじんの砂川町を　見落してしまった。
惜しいことをした。
目ざめて　やっとわかったことだが
耳もとで　がんがんマンボが鳴っていた。
正体は　こいつだ。
とは　力んでみたものの
果して　何がマンボだったっけなあ？
次は　チャチャチャチャが　はやるんだそうだが。

春のソネット

寒い日ざしの中で
やっと一日を延びえた二月が
夜のひとときに　こういいました
〝ああ僕はなんと不遇なんだろう。
四年も待って、これでも皆とは暦が合わないんだから……〟
玄関の上りがまちまで送ってきた夜がそれに答えていいました。
〝二月さん、おっしゃるとおり四季で一番めぐまれてない月はあなたでしょうよ。

だが、満たないその日々を誰が受けついでいるかをご存知ですか？　ほう
ら！〟
すき間もる明りはインスニの部屋です。明日の記念日の晴着にと、赤いネッカ
チーフをぬっているところです。弟らはとっくに夢路につき
傍らで父が三・一*の話をぼそぼそしています。
〝夜さん！　やはり冬は短いほどいいんだったね、四十年も待ちわびている
親子がいるんだものなあ。
ではさよなら！〟
〝さよならー！〟
外はみぞれまじりの風が吹いています。
その中を二月が残りの冬を背おってゆくように元気一ぱいかけていきました。

*三・一＝一九一九年三月一日に起った朝鮮独立革命記念日。

春はみんながもえるので

これはきっと春のせいだ。
たれ下がったこいつが悪かったんだ。
すかした背後も燃えていたのだ。
それでマッチをすっちゃった。
くねったかげりの部分だけ
炎はめらっと顔だした。
あとはゆらゆら
セイジョウキか

カゲロウか。
日本の
ビルの
てっぺんで
ぼくはすっかり愉快になった。
桜が咲いて
人が浮かれて
おてて叩いて
その手をとられて
ぼくは陽気な放火犯。
ノー。
ノー。
ノー。

罪の意識は
これっぽち
も。
日本じゅうがかげろうだもの。
それにぼくは朝鮮人。
裁きたけりゃ四つに割って
一つだけは朝鮮にやれよ。
あとは日本韓国アメリカで
裁判権を張り合ってくれ。
それともぼくのおもわくとおり
敵対行為のその筋により
アメリカさん。
この見晴しのいいてっぺんで

ストン
と一発。
ぼくを英雄にしてくれんですか？
日本という国のありがたさで
どこへ行ってもマッチがもらえるので
ぼくはこの程度の
火遊びが好き。
大好き。
今にでっけえ火にはならんか!?
あっはっはあ――
うっふっふう――
どうかしている。
これはきっと陽気のせいさ。

しゃりっこ

むかしはあかを喰った。
今は白を喰っている。
喰って
生きる。
生きる。
しゃりっこじゃ
間に合わねえから
硬貨を喰う。
喰う。

喰うんだ。
威勢よくはいかねえんだ。
丹念に
奥の歯ぐきをゆききして
青ずっぱい唾が
飴になるまで
ころがしとおすんだ。
がりっこ
しゅるっこ
がりっこ
しゅるっこ
こくっ
じゅるっこ

飴が延びる
下りる
じゅるっ
るーと
たまってくる。
おれのからだは
ゼニっこで
一ぱい。
今に
頭までも
つまるだろう。
それで
からだは

お金そのもの。
お金までが
暮し
そのもの。
しゃりっこ
しゃりっこ
横へ振っても
しゃりっこ
地べたへかがんでも
しゃりっこ
前後左右が
しゃりっこ
しゃりっこ。

りんー
と
鈴には
いつなるの?
まだ。
まだ。
お前のお前が
お前を
生んで
父が死んで
固められて
お前の母が
おりかさなって

おれらが
一つの
山となったとき。
誰かが掘って
いうだろうよ。

あ。
これはアルミの
山だ。

金のにするんだ。
金のにするんだ。
あたしは

銀のよ。
一日の稼ぎは
三枚。
保ちのいいのは
ゼニっこです。
わざわざ変えた
三百個。
親子四人で
がりっこ
しゅるっこ
がりっこ
しゅるっこ
かあちゃん。

あたしはやわらかいのでいいの。
ほしい。
ほしい。
ねえ。
だめ。
ペラペラは
よごれているから。
この世で
一番
ババチイモノ。
やだーい。
だから
ぼくは

金になるんだ！
かくて
息子
その価値を
追う。
行きつけそうで
追いつけそうで
ほうけた体が
錫になる。
これが
あたしの⁉
靴をくれる
男には

娘。
娘。
今の今でも
行ってしまう。
年とって
稼ぎのゼニっこが
なくなって
頭だけが
はっちゃって
しゃりっこ
しゃりっこ
もぐもぐだけじゃ
通らない。

四十年越しの
便秘に
妻は今も
しゃがんだなりです。
ばあさん
まだかい？
いや
今に出ますよ。
出ますよ。
化石しかけた
おなかを
おさえて
妻は

じっと
こらえている。
胃ぶくろで
こってり
ねられたものが
大腸を通り
肛門口を抜け出る間。
黄金になります。
きっとなります。
妻は
信じて
待っている。
出るとも。

出るとも。
廃坑では
ない。
まだ誰にも
掘られた
穴では
まだ
ない。

二人
くろくろ
横に
なる。

籤に生きる

みんなのいうことにゃ
警官は目をみはったという。
いや
ニッと歯を見せたそうな。
急いで内ポケットにしまいこんだというが
本当か
どうか。

狭い歩道を
人がはみ出
迂回する二輪四輪が
ぎあーぎあー車道でだんごになり
のび上がってみる肩ごしに
指の割れた地下たびが
むしろをかぶって動かない。

ま昼間。
男ありて
車輪にのめった男の
一枚の夢を
こっそり持ち去る。

変ぼうする
洪水の中を
あざやかに泳ぎきり
あらためて
警官の内ポケットを透視する男。
むっくり起きなおった地下たびが
唯一の遺産めがけて
空を切った！

散る。
散る。
舞う。

何千萬分の一の確率に
数百萬の札たばが飛ぶのだ！
旱魃の原野をおおいつくす
いなごの
大群生
の
複眼にゆがんでいる
街。

死はこのとき
うなりごえをたてて
ハイエナの周囲を
擦過した。

道（洪じいさん）

大阪へは
　三十年ぶりだかな。
反り気味に
　家のだんだら坂を下りたのが夜明けがたの五時で
県本部までの道のりを
六度も休まにゃならなかったという洪《ホン》おじいさん
　どうも
時間を食いおるだでなあ。

右膝に乗せた足首が
超満員の車内でかろうじて安定度を保っているとき
この奈良県本部仕立ての貸切バスはもう最後の横ぶれを
直線コースに立てなおしていた。
ここら辺の土管やったで…
いちょう並木を縫って
初夏は大きな隈どりを御堂筋に投げていた。
もがれた足の
親指と
中指と
小指とが
埋めてあるというアスファルトを車は山出しの猪《イノシシ》さながら
帰国者大会への

距離をちぢめて
一目散

檻を放て！

（何人も迫害からの保護を他国に求めかつ享有する権利を有する）
——世界人権宣言第一四条第一項——

お前の退化を待っている。
そこらじゅう
羽毛をまきちらし
はげしく檻にいどんでいる
お前の退化を待っている。
人は知らない。

お前がもう
お前でないとき
人は食欲をそそられるだけ。

羽。
首。
体。
大村収容所。

森でない森の
異様な静けさの中で
飛び立てない父は
むしられたまま

死んだ。

野に逐ち
海に消え
なおはばたいたいく羽かが
つながれたまま
もとの沼地へと引かれてゆくのだ。

人よ。
まとも生れ変った日本なら
檻を放て！
この地の足場から
彼のはばたく先は

海の向こうの
北にある。

立ち消えになった『日本風土記Ⅱ』のいきさつについて

――あとがきにかえて――

金時鐘

この度復元される『日本風土記Ⅱ』は、私の第三詩集になる予定だった作品です。第二詩集『日本風土記』のときも国文社への口利きをしてくれたのは黒田喜夫さんでしたが、そのつづきのような『Ⅱ』の出版も黒田さんが『現代詩』編集長だった関根弘さんまで動かして、飯塚書店に出版の渡りをつけてくれた詩集でした。日本に来てまだ十年ほどしか過ごしてない私には、それこそ身に余る望外の出版社でした。

もちろん原稿は早速整理して入稿しました。ところがやはりと言いましょうか。案じていたことが案じていたとおりのトラブルとなって現出しました。『ヂンダレ』批判（あとで説明します）の余燼がまだくすぶっているさ中の『Ⅱ』の出版でしたので、朝鮮総連大阪府本部組織部からまず中央常任委員会の「批准」（組織用語で審査のことです）を受けよ、との強固なお達しが直接私にかかってきたのです。飯塚書店の方へも〝日朝親善に悖《もと》る〟との出版中止の要請が、朝鮮総連から電話で届いていました。

私は悔しい思いを押し殺して詩集出版を断念し、版元も黒田さんらも当時広く行き渡っていた北朝鮮への共感をおもんぱかって、『Ⅱ』の出版は無かったことに収まりをつけました。実を言いますと私は私で朝鮮総連への気遣いがあって、『日本風土記Ⅱ』に決めていたのでした。そのときすでに長篇詩集『新潟』は書き上がっていましたが、それを引っこめてまで在日論議とは関わりがない感じの『Ⅱ』にわざわざしぼったのです。その気遣いが却って仇《あだ》になったような迷惑を、日本の友人たちにまで及ぼしてしまいました。出戻った原稿は見る気もしないまま度重なる引越しで散逸してしまい、いかに生きればいいのかと、混迷はさらに酒とともに深まるばかりでした。


では「『ヂンダレ』批判」に見るような当時の私の置かれた政治的組織的状況と、『日本風土記Ⅱ』が立ち消えになったいきさつをかいつまんで話すとします。

私の第一詩集『地平線』は一九五五年十二月に刊行されましたが、同じ年の五月、在日朝鮮人運動もそれまでの民戦（在日朝鮮統一民主戦線）から朝鮮総連（在日本朝鮮人総連合会）へと、組織体が成り変わっていました。まるで中央本部内の宮廷劇のような、ある日突然の運動路線の転換でありました。

朝鮮民主主義人民共和国の直接の指導下に入ったという朝鮮総連の組織的権威は、祖国北朝鮮の国家威信を笠に辺りを払わんばかりに高められていきました。「民族的主体性」なるものがにわかに強調されだして、神格化される金日成元帥さまの「唯一思想体系」の下地均らしに、「主体性確立」が行動原理さながらに叫ばれだしたのです。組織構造が北朝鮮そのままに改編され、日常の活動様式までがこの日本で型どおりに要求されだしました。民族教育はもちろんのこと、創作表現行為のすべてにわたって、認識の同一化が共和国公民として図られていきました。私はそれを「意識の定型化」と看て取りました。

在日世代の独自性を意に介さないどころか、問答無用に払いのけていく朝鮮総連のこのような権威主義、政治主義、画一主義に対して、私は「盲と蛇の押問答」という論稿でもって異を唱えました。一九五七年七月発行の『ヂンダレ』一八号に載ったエッセーです（本コレクション第七巻に収録予定）。蜂の巣をつついたような騒ぎになり、私はいきおい反組織分子、民族虚無主義者の見本に仕立てられていって、総連組織挙げての指弾にさらされるようになりました。ついには北朝鮮の作家同盟からも長文の厳しい批判文「生活と独断」が『文学新聞』に掲載され、金時鐘は「白菜畑のモグラ」と規定されました。即ち排除されなければならない者として批判されたのでした。もちろん日本でも、総連中央機関紙『朝鮮民報』に三回にわたって転載されました。これで私の表現行為の一切が封じられました。『ヂンダレ』ももちろん廃刊となり、会員たちも四散しました。

思想悪のサンプルとなった私は逼塞を余儀なくされていましたが、ほどなくして始まった北朝鮮への煽られるような「帰国事業」熱の隙間を衝いて、私の第二詩集『日本風土記』は前述のように刊行されました。「組織」を見返したい私の、意地の突っ張りでもあった出版でした。立ち消えになった『日本風土記Ⅱ』の結末は、そのような私への組織的見せしめの処置であったことは明らかでした。

それにしてもよくもまあ、奇特なことが起きるものです。立ち消えになったあげく原稿まで散逸してしまった『日本風土記Ⅱ』の作品の数かずが、半世紀以上も経って新たに拾われてこようとは、どこの誰が思い見ることでありましょう。十年かけて博士論文「金時鐘論」を仕上げていった若き学究者、それこそ刻苦勉励を地で行ったであろう浅見洋子さんが、能う限りの方法を講じて、『日本風土記Ⅱ』に収録されていた箇々の作品の発表紙誌を見つけだしてくれたおかげで、原本原稿の八割方を再録することができました。日本の若き学究者のご厚意、肝に銘じています。

こと改まって聞いたことはありませんが、この浅見さんの努力の陰にはたぶん、陰に陽に彼女の勉学を支え励ましておられたお二人の大先輩、宇野田尚哉教授（大阪大学、日本思想史）と細見和之教授（詩人、京都大学、ドイツ思想史）の惜しみない協力があって、その大方の復元が適えられたものと推察します。いかにインターネットの時代とはいえ、それこそ堆《うずたか》い藁山から針一本一本を探しだしたような、途方もない労力の消費であったことでしょう。しんそこ佳き友に恵まれている私であります。消え失せたはずの第三詩集を、お届けできてしあわせです。

金時鐘　再拝

二〇一七年晩秋

〈インタビュー〉至純な歳月《とき》を生きて
――『日本風土記』から『日本風土記Ⅱ』のころ――

（聞き手）細見和之・宇野田尚哉・浅見洋子

一　現代詩運動との結びつき

■プロパガンダの詩とアバンギャリズム

――『日本風土記』の出版当時は、『ヂンダレ』内部の動きとか組織との対立とか、すごくしんどい時期だったと思いますが、そういう背景からお話しいただいていいですか。ある共産党員の紹介で、『日本風土記』は条件付きでの出版だったとお聞きしたことがありますが。

金　そうそう、「ある共産党員」とは黒田喜夫さんのことです。出版条件も今で言う買い取りというのかな。紙を裁断したときの加減で三八〇部とか四百部が都合よくて、そのうち一〇〇部か二〇〇部をこちらが引き取って、売ってはお金を入れるという約束。大阪なら一〇〇、二〇〇部はすぐ売れるから。それで出してくれた。だから印税はなしや。

——じゃあ紹介があって、出版社から四〇〇部出して、実際はそのうち一〇〇部か二〇〇部は引き取ってということで成り立った出版だったんですね。

金 僕みたいな名もない者にとっては、そういう条件でも破格だった。『ヂンダレ』が割と評判がよくて、それが東京あたりまでうわさが行ったんでしょうね。

——第一詩集の反響も大きかったのではないですか。

金 第一詩集の『地平線』は幼いと言えば幼いけど、いま読んでも、そんなに読めないわけでもない詩集やからね。

——あとがきに「自分の創作活動と日本の現代詩運動との結びつきをもっとも気にしないではいられない」と書かれています。

金 ちょうど関根弘が『現代詩』の編集長になるかならないかのころ。日本の近代抒情詩みたいなものを詩と思って日本に来たら、そういう動きじゃないのがあった。一方で、組織活動という点では、高揚性、プロパガンダを目的、意識的に駆使しなくてはならない。どこかで負い目があるんだね。それで『現代詩』の作品を見ると、自分が組織活動の中で書くものと、かなり開きがあることに気づいたんですね。だから、常任活動をやっている活動家の立場で書くのと、もともとあるべき詩の形とは違うという意識を持たざるをえなかった。長谷川龍生とか井上俊夫とかはそういうことを思わせてくれた。ほかにも東京の五味書店から出ている『樹木と果実』とかそうだったね。そういうものから僕もたくさん学ばなければならないという思いがいつもあった。こういうものが現代詩だと思うようになったんだね。日本でアバンギャリズムということが言われ出したのも、あのころじゃないかと思うんですよ。

――『現代詩』の創刊が、たしか一九五四年ぐらいだったと思います。『列島』とか『山河』とかは、それよりちょっと前ですね。

金　『列島』、『山河』の影響が実際大きかったね。それに何よりも、小野『詩論』の影響がじわじわ食いこんできていて、日本の現代詩から振り落とされてはならないという思いがつよく働いていたんだ。

――『列島』や『山河』があって、『現代詩』に行く流れがあって、身近には須藤和光さんみたいな、プロパガンダ詩に批判的な方もおられてという感じですか。

金　須藤和光さんには諭されるように、よく批判されていた。集会一つ組んでも、ビラ一つ書いても、訴え、アピールが出てないといけない。そういうふうに期待されるものと、自分で区切りもつけてきたつもりの作品集が『日本風土記』ですね。だから個々の作品には、そんなにプロパガンダは入ってないですね。

■『地平線』から『日本風土記』へ

——『地平線』との意識としての違いはどうですか。

金　『地平線』はもう組織運動の真っ最中、『ヂンダレ』を始めて、否応なしに中心的な存在であらねばならなかった。それで体を壊して、長期療養に入った。落ち込んでいく自分を支えるのは、共和国への憧れみたいなものでした。共和国というのは社会主義国ですから、その正当性、優位性を訴えることが主だったのが『ヂンダレ』。朝鮮戦争当時まで北朝鮮というのは、全くの正義、絶対正義だったわけです。朝鮮戦争はアメリカによって起こされたと思い込まされていたからね。のちに国務長官になるダレスが情報機関のトップとして朝鮮戦争の直前に視察に行ったり、小競り合いがしょっちゅうあったり。いつ起きても不思議はなかった状態で戦争が始まった。

——お互いにどっちが先に手を出してもおかしくない状態だった。

金　いつ火を見てもおかしくない。僕は済州島で起きた四・三事件（一九四八年）という武装蜂起事件に関わって、軍政を布いていたアメリカの非人間性、不正義が、真っ白な、きれいな心情の中にたたき込まれた。否が応でも反米意識が強まった。それはイコール、北支持にもなるんだね。そういうことが、自分の立つ位置、姿勢として、『ヂンダレ』から『地平線』の背景にあった。うちの国の統一がなし得ない理由にはアメリカによる反共の強圧が関わっているという思いが強い時期だった。だけど、見ず知らずの日本で一人で暮らしているとなんとなく、センチメンタルにもなるんだよね。どうしても親のことを思い、国のこと、済州島のことを思うから、望郷の念にも駆られる。

――ここに『日本風土記』の出版記念会の写真があります。以前に鄭仁さんに提供いただいたものです。このときのことは覚えていらっしゃいますか。

金 この会場は梅田新道の郵政会館。主だった人たちはほとんど来てくれたね。乾武俊、港野喜代子、『ながれ』というサークル誌の菊地道雄、それに井上俊夫、小野十三郎先生……。

――運動関係というよりはやっぱり文学関係ですね。

金 運動関係は来てない。僕は批判されているさなかだったから。

――『日本風土記Ⅱ』は未刊行のまま散逸してしまい、『新潟』はずっと出版ができない状態になってしまった。『日本風土記』を出すときには、組織との軋轢はなかったのですか。

金 出版社とのあいだを仲立ちしてくれるひとがあったから、いっさい組織に諮ることなく出版した。僕は心筋症の疑いがあるとかで、あとで腸結核とわかる疾病で猪飼野の小さい

『日本風土記』の出版記念会、
1958年2月（鄭仁さん提供）

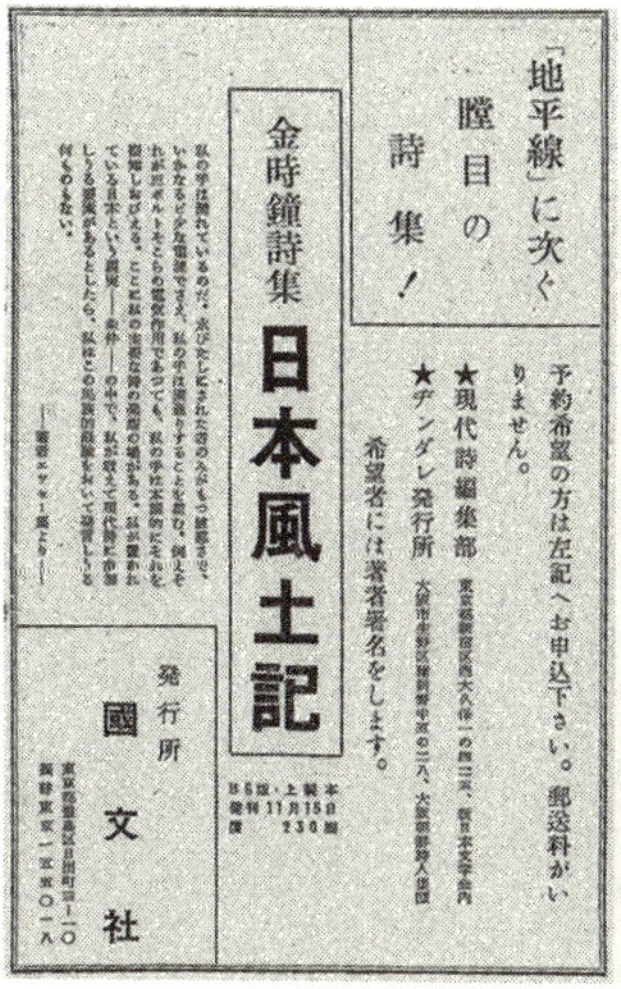

『日本風土記の出版広告』
（1957年11月、『ヂンダレ』19号）

『日本風土記』の表紙

診療所に長期入院していたが、病院を抜け出して出版記念会に出た。

――『日本風土記』の広告が『ヂンダレ』に載っていて、「著者エッセー集より」とあります。エッセー集の出版も同時に予定されていたのですか。

金 計画だけはしたもののそんなもん、もうとうてい無理やった。やけのやんぱちで、荒れに荒れとった時期。梁石日君、鄭仁君などと毎日酒浸りの時期だったね。エッセー集の組みようがなかった。この時期、一九五七年には、入院していた生野厚生診療所を退院して、その診療所の事務長になった。でも、組織からの批判で病院そのものが成り立たなくなりかけた。もう九割近くが同胞の患者ですからね。それで、僕は自ら身を引いた。

――そうなると生活費がなくなってしまう……。

金 半年近くは診療所の事務長として給料をもらえたんだけどね。

――『日本風土記』の作品の初出を調べてみたんですけど、割合ぱっと初出がわかるのは、『ヂンダレ』と『国際新聞』、あと『現代詩』とか『樹木と果実』とかそういうのがちょっとあった。でも、半分ぐらいは初出がわからないのですけど。

金 どこかに書いたものですけどね、もう思い出せない。

――このころ、『ヂンダレ』や『国際新聞』以外だとどういうところにお書きになっておられたのか。やっぱり日本人の詩人とのつながりの中でどこかに書いておられたという、そういう感じですか。

金　労組関連のサークル誌とか、日朝親善協会というのがあってね、その日朝親善協会でまた定期刊行のタブロイド判をやっているところがあったり。あとは学生同盟のガリ刷りのものがあった。この「淀川べり」というのは、割といい作品なんですが、どこに書いたんだったかなあ。

――『日本風土記』に入っているのは、『地平線』以後の二年間ぐらい、基本的には一九五六年から五七年ぐらいの作品なんですね。

金　ほとんどの作品はその二年間のものだと思います。朝鮮総連からの組織批判さ中の各作品です。組織との区切りをつけたいという思いで書いているから、僕としては割とそういう政治的高揚性は出てない作品なんです。

――ここに拾ってない作品も、当時だいぶ書いていたという記憶はありますか。

金　うん。あのときはもうやたらと書いた。大体僕は日記みたいなノートを持っとったけど、外国人登録証関係で、日付みたいなのは出さんほうがいいぞと弁護士から言われて。逆に、わざと作品に違う日付をわざわざ入れたやつもある。それも弁護士の知恵で、以前から日本におったんだという証拠としてね。そういうノートの主だったものは吹田事件で警察に没収されてしまった。組織活動では僕はちょっと目立つ存在だったけど、そんな中から、『日本風土記』を編めたということに、僕は内心、意地をとおせたという自足感もあって、一種の自由感があるのよ。明けても暮れても組織、組織ですからね。こういうことができたのは、大阪の『山河』をはじめ、日本の前衛的な文学活動をやっていた人たちの影響がありましたね。

――『列島』なんかも全国区で、関根弘さんとか活躍していて。

金　『列島』は、定期購読はしてないけど、よく読みました。『荒地』も読んだし。『荒地』の木原孝一というお方、あれは『詩学』の関係ですか。

――『詩学』ともつながりがありましたね。木原さんは『荒地』と『詩学』のパイプ役みたいな位置でしたね。

金　とても優しいお方でね、早く亡くなっちゃったけれど。木原さんがＮＨＫのラジオ放送だかで賞をとったから表彰式に来ないかと誘われたけど、東京に行く金がなくて、行けなかった。木原孝一さんからはよう励ましを受けた。

――そういえば『詩学』で『カリオン』の特集号って出ていますね。

金　組織制裁で丸一〇年、一一年ぐらいブランクはあるんだけど、その割に崩れずに来れた。組織騒ぎには屈しないで、詩を書き続けた証の一つに、僕には『日本風土記』があるのよ。

■『日本風土記』に登場する小動物たち

――『日本風土記』では、南京虫とか、犬とか、カニとか、蚊とか、ネズミとか、いろんな生き物が登場します。日本に来てからずっと在日朝鮮人の生活の中での体験がもとになっているとおっしゃっていましたね。

金　あれはもうまさに、当時の在日朝鮮人の生活実態にみんなある生き物。どの家も南京虫だらけだし、まだシラミがいる時期だしね。ネズミというのは、もう貧乏な長屋に行ったらネズミの天国。朝鮮人はとにかく猫を嫌がって飼おうとしない。だから、ネズミはやたらと這いまわっていた。みんな在日朝鮮人の生活構造の中にあった生き物たちやねん。近くにおった日本人も、長屋住まいの人は同じ目に大体遭うてるわな。

――巻頭の「南京虫」は、濡れ雑巾を積み上げるという実体験が元になっていると。

金　南京虫は水を嫌うということを教えられてね。寝られんでもうほんまに気狂いそうになるから。でもあいつ、ほんとにね、天井から落ちるんですよ。あの創意性はすごいで。だからこの創意性には、俺の血、少しはあげる必要があると思った。何も創作してない、自分の実感。南京虫にはいろんな無残な記憶がいっぱいあるけど、みんな私たちの、一九五〇年代の在日同胞の生活実態にある生き物たちですよ。

――その生き物に対してある種の親和性というか、親しみもありますね。

金 そこで暮らさなあかんから。嫌ってるけど、それがそのまま生活実態の生き物たちだったんだね。僕は植民地下で育ったけど、母の料亭があったからそういう育ち方してないんでね。

――そういう身近な生き物がこっちの姿を映すみたいなところがありますね。

金 全くそのように思いましたね。だから南京虫がほんまに天井から落ちるのも、身をもって知ったことだしね。

――お互い知恵比べですね。

金 嫌になっちゃうけど、どこか親しみも感じる。こいつらまだこうやって生きてるのかと、そんな気がするんだよ。

――「長屋の掟」でしたか。ネズミの処刑の話。

金 腹の割れる音、すごいんよ。「車輪の刑」というのは僕がつくった言い方だけど。

■時代を象徴する作品群

――あと「南京虫」の次の「政策発表会」という作品も、詩集の構成上すごく重要な位置の作品だと思うんです。これ、路線転換後の一九五六年ですね。

金 そう、路線転換後。あのとき、まだ党籍持っとった。総連が全部党籍返上しろ言うて、離党届は総連が回収しとった。俺は批判食ってたでしょう、応じなかったんや。おめえらの言いなりになるか思うてな。

——日本だけではない。世界的な大きな路線転換の時代を象徴する詩ですね。

金 ひかれた犬が路線におったのも、目の前にあった光景。朝鮮総連が発足して、北朝鮮指導下に入るという非常に画一的な組織のおしつけが始まったことと、腹ばいになって首だけもたげた犬がかぶさっちゃってね。

——教条的な路線の押しつけの中で取り残されていく存在と、このひかれた犬が重なる。そこから始まる詩集というのもすごいですね、一九五〇年代後半のこの時期。

——「相乗りをされて」というのも、本当に、それもまた象徴的で。

金 朝鮮総連ができたことで、皆共産党を離れたわけよ。でも俺は、党籍をそのまま持っている。相乗りというのには、党籍をまだ持ちつづけている自分というのもそこにあるね。

——原水爆の詩が『地平線』から続けて六編収録されているんですけれど、そのあたりはいかがですか。

金 割とたくさん書きました。原水爆の詩、僕は日本の団体に呼ばれたら、集会用の反原爆の詩を読んだりしたけど、手元に残ったのはその六編だけになったね。

——実際はもっとたくさんあった。

金　ビラ書くような感覚だったね。そのなかで「南の島」というのは、英訳されている。最近もどっかで使ったとかいって手紙が届いていた。

——「木靴」という作品がちょっと難しいのですけれど。

金　あのころは、傷病兵たちが白衣着て道で募金を募ったり、電車の中でも献金箱を持って立っとったりした。あの人たちのほとんどは元朝鮮兵やねん。日本兵は、傷病手当も軍人恩給も皆もらう。あの人たちは何ももらえない。皆朝鮮人だったのよ。それが、後からわかった。自分から朝鮮人だと言ったらその募金もできないから、朝鮮を隠しとった。電車の中で、満員のとき、杖ついた人がおるのは非常に不自由なことで、義足をつけた人がおったら、押されるともう窮屈だろう。それで誰も関心を示さないどころか、目線を合わそうとしないねん。どっちもつらいから。そういう状態を想像して、義足を木靴にイメージを変えて書いたのが「木靴」やねん。

——出版して、反響はどうでしたか?

金　批判のさなかでしたからね。難癖つけようにも、あのヒトたち、読んでもわからない(笑)。僕が忘れられないのは、小田切秀雄という新日本文学の中心で、指導的な立場にあったひとから、朝鮮総連からの批判は黙認できない、これは新日文が全的にバックアップするから闘いましょう、絶対闘いなさいと言われたけど、僕は対内的な問題は対内でおさめるんだと思っていた。組織活動やった者の、一種の悲哀かな。いかに理解があるとはいえ、私たちの朝鮮人の対内的な問題を、この日本という国家やそこに属するひとに対して訴えるということはやっぱり、控えたね。

――あと、扉に「父の墓前に捧ぐ」という言葉があります。

金　おやじが死んだ直後だったのよ。もう悲しさを通り越してな、ほんまに。母からは、おやじの葬儀に参列してくれたひとの名前をみんな書いて、「おまえ、一生かけて必ずお返しをしなさい」との手紙をもらった。その手紙、持つのが苦しくて、俺、焼いたん違うかな。親の墓を訪ねる可能性が全然なかったからね。金大中氏が大統領になるなんて、想像もつかなかったから。

二　未刊行詩集『日本風土記Ⅱ』

■「木綿と砂」に対する組織制裁

――ここからは『日本風土記Ⅱ』についておうかがいしたいと思います。『日本風土記Ⅱ』は何といっても、出版されないまま散逸してしまった幻の詩集です。

金　もう五〇何年も前のことだから、年月がぼやけてしまっているんだよねえ。古い資料、大方は引っ越しで全部捨ててしまってるんでね。記憶も曖昧な部分がかなりあるし。だけどまあ、おおまかなことは覚えていますよ。今度宇野田さんと浅見さんらが調べてくれて、何よりも、「木綿と砂」っていう作品が出てきたのがありがたい。「木綿と砂」は、自らアメリカに変節を申し出たって批判されて、朝鮮総連から作品名を挙げて糾弾された作品です。俺の反証のためにどうにかして探さないととずっと思っていたけど、これが見つかって、あの当時言われたことが本当だったことがわかってもらえるだけでもよかった。「カリフォルニア大学放射線研究所の／水爆平和利用のための核熱処理が見ものだ。／この千万度の高温ですら／水爆融合反応から動力をつくり出すには／まだまだこれの十倍が必要だという」。成功してるのに足らないって言うから、「よし。アメリカよ。／君のまだ足りない熱気に／ぼくのこのちっぽけな熱気はどうだ！」と書いた。この最後の三行はよく覚えてる。そうするとこの分だけを取り出して、アメリカに協力を申し出たと批判された。陳情書をアメリカ領事館に持っていったとか、民団本部に持っていったとか、そんな馬鹿な話をするわけや。それで最後の三行だけがいつも例に出される。そりゃそれだけ見たら協力を申し出たことになるわな。

――詩の元になった記事が出たのが、一九五八年七月十八日付の『読売新聞』です。「木綿と砂」の最後に同じ日付が記されています。

金　その日に書いた作品やね。あのときは若い盛りでね。詩一篇、右から左に書いていたからね。それを首をねじ切るようにストップさせられたんだからね。

――「木綿と砂」は新聞記事に触発されて書かれたと思うんですけども、そういう風に普段から定期的に新聞を読まれていたんでしょうか。

金　そんな金はなかった。組織の新聞や資料を読む位が精いっぱいで。ところがこのカリフォルニア大学の核熱処理の記事だけは、たしか喫茶店で見て、メモを取った。喫茶店、俺ものすごく苦手でねえ。ものの一〇分、一五分もおられへん。

――鄭仁さんとだいぶ違いますね。

金　鄭仁なんか平気で何時間もいる言うけどな。喫茶店に入りびたるなんてことは、僕には軽佻浮薄な行為だったんだ。それほど武骨で野暮な活動家の僕だった。それでもよくプチブル的だと組織内部で叩かれていたんだから、一人息子の気質がたぶん鼻についていたんだろうね。コーヒー一杯だとたかだか二〇分くらいでしょう。その分映画館によく潜り込んだ。あの当時はよく三本立てとか四本立ての上映があって。あのぬくもり……。観客たちが詰まっている場末の映画館の、どこか便所の臭いも漂って、人の体温がいっぱいあるところ……。あの当時安かったしね。おなかすかしているから晩の会議までじっとしていて。会議行ったら誰かからパンかうどんでもおごられるだろうという期待があったりして。

――映画は割とよく見たという感じですか。

金　体休めるために、寝不足のときによく行ったなあ。なんか雑然としたぬくもりというのがほぐれた。見るともなくよく居眠りしたよ。

■「拾遺集」としての刊行

――『原野の詩』刊行の際に、『日本風土記Ⅱ』に収録予定だった作品を主にして、「拾遺集」として編まれた意図はどうだったんでしょうか。

金　『原野の詩』を出してくれた立風書房の白取清三郎さんが、『日本風土記Ⅱ』の事情を既に聞いて知っていて、拾える分だけでも収録しましょうと言って、白取さんが集めてくれた。

――「拾遺集」というタイトルはご自身でつけられたのでしょうか。

金　編集者の白取さんがつけたんです。「拾遺集」を組んだら、『日本風土記Ⅱ』が出せなくなったいきさつも書かんならんし、また当時の対内のことも出さんならんしという隘路があって、控えめにした。結局事情は打ち明けざるを得なかったけどね。

――『日本風土記Ⅱ』の復元を試みる際に、野口豊子さんが編まれた二種類の年譜を参考にさせていただきました。『原野の詩』所載の年譜では「わが性　わが命」が第一部の最後の作品なんですけれど、『文学学校』の「特集　金時鐘」に掲載された年譜では「猟銃」が最後の作品になっているんです。『日本風土記Ⅱ』に「猟銃」を入れるつもりだったんでしょうか。

金　「猟銃」は『日本風土記Ⅱ』には入ってなかった。これは『カリオン』の三号に書いた分ですね。「猟銃」を書いたときは、『日本風土記Ⅱ』がおじゃんになった後やねん。

――もしも『日本風土記Ⅱ』をこれから出版するとしたら、「猟銃」を入れたいっていう気持ちがあった。

金　入れたいとは思うけど、そう出来の良い作品ではないからね。

――実際、組版ができたときには、まだ書かれてない作品だったんですね。

――そしたら、復元するときには入れないで復元すると……。

――うーん。組版までいっていた詩集を復元するというんだったら、これは外れるということでしょうね。

――それから、『文学学校』版の年譜では「主な作品目録は……」となっていて、「主な」ということは、他にも作品があったんでしょうか。

金　書き散らしたものがあるにはあったろうが、どこに書いたかが思い出せない……。

――多分、これは時鐘さんが書かれたんじゃなくて、野口さんが書かれたんでしょう。

金　野口さんも確認できたもんじゃないから。

――「主な」と書いておけば間違いないだろうと、ちょっとぼかした表現をされたんでしょう。この通りだったと言い切れなかった。

――そしたら、やっぱり二九篇で復元したらいいと。

金　そういうことですね。謄写印刷の学生新聞とか民愛青の機関紙に書いたものは、出てくるあてはもうないと思うのよ。

■「マルセ」とプロパガンダの詩

――まだ出てこない作品があるんですが、以前「マルセ」に載った作品もあったとおっしゃっていましたね。

金　「マルセ」〔祖国防衛隊の非合法新聞『セジョソン（新しい朝鮮）』のセを丸で囲んで略語としていた〕か学生同盟の機関紙に載ったとか言ったかな。「マルセ」の場合はかなりプロパガンダが強いからね。マルセの分は詩集にはほとんど入ってない。

――「マルセ」に載った作品はやっぱりプロパガンダですか。

金　激情型のイサマシイものばかりだ。名前も別名だしね。

――『日本風土記Ⅱ』に入れるつもりの作品ではなかったと。時期的にもやっぱりね、マルセのものは五二年から五三年ごろで、ちょっと前ですよね。

金　ちょっと前。吹田事件の前後までですからね。

――ここに朴慶植さんが所蔵されていた『セジョソン』の復刻版がありますが、東京版、全国版なんですよ。

金　闘争の中心は大阪だったからね。生々しいのは大阪版の方やね。「マルセ」に「全国版」は存在しなかった。拠点地域単位だった。

――朴慶植さんは東京の人だから、主に東京版が残ってるんですね。紙面の感じは一緒だったんですか。大阪版はもっと手書きっぽいですか。

金　ときに活版刷りもまじるけど、謄写版の方が多かった。

――全国版を見るとあんまり詩とか出てこないですね。

金　出てこない。まあ関東と大阪は全く違いますね。関西では関東版は見ることなかった。みな大阪版で見るから。

――この復刻版では、時鐘さんの「南の島」が掲載されていますね。

金　あれ、ここにも載ったんか。これさっき言ったように英訳もされてるんですね。

――この「S・T・K」というのは何ですか。

金　僕の名前を出すわけにいかんから。S・Kは名前のイニシャルだろうね。Tっていうのは何だろう。

金　――「K・S」ではばれるかもしれんって、間になんかいれたんと違いますか。

でもこれで日本の公安庁がつかまえるってことはないけどね。

――でもこれ、持っているわけにはいかなかったんでしょう?

金　ああ、持っとったら政令三二五号違反か何かでつかまる。

――でもここに「南の島」一篇だけが出ているってことは、何かから転載した形なんですかね。

金　僕はそちらに送った記憶はないけどな。どこかに発表する前の形なんでしょうね。

■一四回もの引っ越し

――先ほどおっしゃっていた留学生同盟とか愛国青年同盟とかには、その後も書かれてましたか?

金　僕が大阪文化総会の書記長やってる間はほとんどそこで紙面づくりをする立場だったからね。折につけ書かされたり、空間を埋めるために何か書いたりしたもんですけど。

――それは五五年から五七、八年ごろですか。

金　いや、五五年は病院出たばっかりで、二年近く入院生活を過ごしていた。五三年に朝鮮戦争休戦協定が成って、五三年いっぱい僕は文化総会の書記長でした。全国的に見ても文化団体の協議体っていうのは、大阪しかなかった。大阪の成果を踏まえて全国組織にしようということで、全国文化団体連合会というのが結成されるんですが、結成式を見たあとで、私は病気でひっくり返って入院しちゃう。そのまま中央の書記長に僕が行く段取りだったんだけど。僕が入院したのは、五四年、いや、五三年の冬からかなあ。五五年五月に朝鮮総連が結成されましたが、その結成された直後まで病院にいたわけですからね。病院にいながらそれでもアピール文とか、いろいろ書いたもんですね。

五九年に『長篇詩集　新潟』〔実質的な第三詩集。一九七〇年八月、構造社〕を書き終えたころ、『日本風土記Ⅱ』を飯塚書店から出してくれるいう話が来た。飯塚書店も表立ててはないけど、実は党員たちの編集でやっていた。ところが朝鮮総連から「日朝親善にもとる」との抗議の電話があって、出版はとり止めになった。原稿は当然返されてきたんだろうけど、どこかへまぎれて失くなってしまった。順喜《スンニ》の話だと、そのころ引っ越しを一〇何回やったって言うからね。とにかく居場所がないのよ。猪飼野でも白眼視されて、組織からあいつはだめだと言われると、誰一人目線も合わさないからね。持ち物は荷物になって動きがとれんから、ほとんど捨てざるを得なかった。僕らね、一年にいっぺんぐらい引っ越ししたんとちがうかな。順喜よ、僕らが結婚してから批判受けたとき、一〇何回引っ越しやったっていうのはいつごろのことや。

姜順喜〔金時鐘さんの奥さん。以下、姜〕　一四回いうのは、七〇年に吹田へ辿り着いたころまでの回数。

金　だから六〇年代の話やろ。

姜　あんまり引っ越ししたから、吹田へ行ったときいっぺん勘定してみた。そしたら一四回。

金　だから六〇年代通して一四回してるわけだ。

姜　そのときはね、結婚して一四年目やった。そやから一年に一回の割で引っ越しをやってる。仕事が住まいと一緒やったりとかね。

金　なにしろ働くところがないんや、とにかく。

姜　同じところへ行ったり来たりしたこともあるしね。荷物なかったから、あの頃。

金　荷物は捨てる。動きがとれへんのや。

姜　いや、あれへんねん、荷物。電気製品もほとんどなかったし。本だけが荷物やった。

金　資料類は全然持って歩けない状態だったね。

姜　今みたいに引っ越し屋さん頼んだりとかじゃないから。人に頼んでやってもらってるからね。

金　戻ってきたという『日本風土記Ⅱ』の原稿、僕も探す気もなかった。もう、すっかり生きること自体が馬鹿らしくなってきちゃってな。

姜 そんな無茶苦茶な時代があったんですよ、吹田へ行く前は。吹田へ行ったときは万博のあった年やからはっきり覚えてるんですよ。七〇年ですね。その年の八月に『新潟』が出た。それ以前はもうめっちゃくちゃな生活してたからね。

■『青銅』の創刊と頓挫

――見つかってる作品は、一番古いので五五年一一月、新しいのは六一年一一月ですね。

金 だから、六二年位までの作品を入れるつもりだったんだと思うのよ。

――まだ見つかってない作品はやっぱり五五年から六一年位の間ですか。これ以前の作品はないですか。

金 あるとすればその時期より前の方。五五年に『地平線』出した後かな、やたらと書けていた時期でね。『地平線』は病院にいた年。病院は五六年に出たんだね。

姜 その頃ね、鄭さんらと一緒に『ヂンダレ』の集まりがあって、時鐘イ〔「時鐘さん」の意味で、親しい間柄で用いる〕を厚生診療所へみんなで見送って行ったことがあった。ほんで病院へ入って行く姿を見て、私はみんなと一緒にこっち側におって。もう時鐘イも永くないな、もう死ぬやろうと。

金　みんなそう思った、と言っていたね。

姜　ヒョロヒョロやったしね。それを見てる側におったんよ、私は。

金　今見つからないのはね、五六年位の作品だと思う。五七年に『青銅』っていう総合雑誌を出したんだよね。裏でね、中央の組織の了解がついて組織用語で団合事業、朝鮮語ではタナップというんだが、つまり和合運動のことを団合《タナップ》と言ったわけ。その団合事業の有力な仕事として、外向き総連的でない、民団の人たちも参加できる総合雑誌を作るってことで、『青銅』を創刊した。僕が主幹で、編集責は白佑勝っていう「マルセ」の編集長だった友人だ。僕は遊軍だった。それで、西島宝飾という、梅田新道に店を構えてる同胞の事業家が金主になった。彼の意向でカルパ書房っていう、カルパって鯉っていう意味だそうだけど、前からその名称で出版業をやりたかったんだって言うんでな。その彼に発行者になってもらった。そのような経緯で創刊号は華々しく刊行されたが、中央組織のなかで造反が起きて、こういう雑誌を出してほしいって言ってきた宗派《チョンパ》（分派）主義者としてやり玉に上がったんだ。今度は勢い僕までが批判の対象になった。『ヂンダレ』でも組織の分派活動したうえ、今度は『青銅』を作って、反組織的動きをやっているということで叩いてきた。まず金主が締めあげられた。そして、手を引いた。二号の原稿も全部そろってたのに。佐々木哲蔵という吹田事件の裁判長だった方がいてね、吹田事件の被告たちが朝鮮戦争記念日に黙とうをしたいって言って申し出たときに、法廷でそれを認めたのよ。それが批判されて裁判長をやめた。そのあと弁護士になっていて、二号にはその佐々木哲蔵氏に「法廷から見た朝鮮人」というのをお願いして書いてもらっていた〔創刊号に二号の目次が載っている〕。そんな貴重な原稿がそろったのにな、青天の霹靂や。それで『青銅』は、恥ずかしくも一号でおじゃんになっちゃった。でも創刊号はものすごく売れたんだよ。集会行ったら、みんな奪うように買ってくれていた。

姜　みないっぱい希望持ってたんと違う。あのときすごい雑誌になりそうやったから。

金　創刊号には、玉津中学校の在日の生徒たちの実態をルポで書いていたり、湯浅克衛という作家の「カンナニ」という短編小説をリバイバルで載せたりした。ところが、日本帝国の朝鮮侵略のお先棒を担いだ作家を抱え直したとか言って、これまた批判に輪をかけることとなった。僕も荒れに荒れたし、総連との間でどれだけ悶着を起こしたことか。もう死んでもいいと思ったくらいだった。

姜　朝鮮人会館で「殺したる」言うて追いまわしたいうのは、その後の話？

金　その時期やね。『金日成選集』が日本で出るようになったのはいつになるかな。大阪府東部のね、教育文化部長というのが民戦時代、党活動を同じくしていた同志でもあった。日本語版の『金日成選集』が出るようになったとき、表紙をあけたらうすい蠟紙がかけてある扉の写真、実際は合成写真だけどね。白頭山の山頂から半身の金日成将軍が白馬にまたがって見下ろしてる写真がある。なんと、それが、大東亜戦争期にたくさん出回ってた昭和天皇の写真と瓜二つ。透かしたら馬の形から半身のそり具合まで全く一緒なんだよ。これこそ金日成将軍への冒瀆じゃないかと、建議書を提出した。僕は当時文学芸術家同盟大阪支部事務局長だったから、彼は上部組織である本部の教育文化部長なんだよな。建議文の審議があるというので出向いたんだ。えらいさんたちが並んでいて、ぼくが坐るやいなや、教育文化部長の彼が「こんなもん読んでいられれっか‼」と、僕の建議書を後ろへ投げてしまいよったんや。ほんま頭にきたな。「これが党内民主主義か、殺したる」と飛びかかっていったら、奴、逃げを打って、会館の中を上へ下へ駆けまわってなあ。寄ってたかって俺を抱えてとめてたけど、あのままぶつかってたらあの部長えらい目に遭ったと思うわ。もう僕も破れかぶれだったから。こんな輩に蔑まれるために日本にまで生き延びたわけではないと、自分が自分で情けなかった。

——それは『地平線』〔一九五五年一二月、ヂンダレ発行所〕、『日本風土記』〔一九五七年一一月、国文社〕、『日本風土記Ⅱ』の間で言うとどのあたりになりますか。

金　『日本風土記』が出たのは五七年十一月だったから、その四年ほどのちのことだった。これは機関に諮らずに出した言うて、散々小突きまわしよったけど。でもあの連中読んでも分からんからな。分からんから非難もあんまりなかった。

■『日本風土記』のころ

――そうすると『日本風土記』が出た段階では、『日本風土記』のなかにまだ入ってない作品がいくつかあったということですか。

金 ページ数のこともあったりでね。作品の出来もあってのことだけど、七、八篇は残したと思う。『日本風土記』を国文社で出したといっても、結局買い取りなんだよね。買い取りしたって三〇〇部そこらは右、左になくなっちゃったけど。とにかく刷ったやつはすぐ無くなった。そういう点では組織のつながりで、それに体が悪いということもあって、みんな協力したんだよね。『地平線』も右から左になくなったけど、代金は四割弱しか回収できなかった。末端の活動家たちが五冊とか一〇冊とか持って行って売った金、自分らのお腹へ入っちゃったんだ。俺も飢えて活動しておったけど、彼らもおなか空かしていたんだ。切なすぎる話だが、日によっては、ものの一〇〇円もなくて病院のベッドに横たわっていた僕だった。

姜 あのとき病院代はどうしてたん？

金 医療保護を受けてた。金哲奎《キムチョルギュ》という母方の従兄弟にあたる同年の青年がいて、のちに総連奈良県本部の委員長を務めた活動家だけど、その彼が生野区役所の福祉課とかけ合って医療保護を適用させてくれた。

姜　食事はそこから出てたん？

金　そうそう。医療保護で入院すると、当然病院食が出る。病院の飯って、三日したら飽いちゃうんだよな。

姜　飢えてるよりましやんか、食べられたら。

金　でも塩味の薄い、決まりきったもんで。一日の食事代が二〇〇円かそこらだもんね、あれ。

姜　二〇〇円もせえへんのとちゃう？　私が三〇歳位のときでも、スパゲティー一二〇円、コーヒー五〇円ってそんな時代やから。

金　一〇〇円までやったんかな?!　とにかく、まあ飢え死にはしない程度の行政保障だからね。そこへあてにした詩集の代金がさっぱりこなくなってな。一〇円のコッペパン一個食べられなくてどんだけお腹空かして体こわして、入院しているのかと思うと、無性に切なくなるんだよね。よう泣いたよ俺、ひとりで。こうまでして生きのびて、なんの革命運動やと思うんやね（笑）。これやったら済州島で真っ赤に血に染まって死んだら潔かったんだろうと思ったりね。だから僕は、思い返さないという訓練をずーっとやってきたんだ、とにかく思い出したら夜寝られなくなるからね。

姜　それで肝心なこと全部忘れてしまったわけや。

金　いやそれは訓練の賜物だね。不眠がいつまでも続くからね、思い出したら。

三　未発見の詩、九篇をめぐって

■父母との〈交信〉のすれ違い

――不明になっている詩で、内容を覚えられているものとかはないでしょうか。

――第二部では「二つの部屋」ですね。

金　これね、電話が向こうの部屋で急を告げるように鳴り響いておって、もう片っぽの部屋では電話を取るのがこわくて取るまいとするという内容。それは親父の危篤を告げる電話のような気がするんだよね。電話が鳴ってるのに自分はよう取らん、こっちの部屋で閉じこもってる、耳をふさいで。そんな詩。それが『化石の夏』のトップに収まっている「予感」の元詩になっています。「二つの部屋」が何十年か経ったら、静かになってああいう作品になった。

――「二つの部屋」の次に「遺品」という不明の作品があるんですけど、そのあと『ヂンダレ』に掲載された「雨と墓と秋と母と」が続きます。ここで、お父さんとお母さんの話がかなり出てます。

金　あれはもう堪らない思いでなあ。

――この「遺品」っていう作品はどうですか。

金　これ何年の作品かなあ。

――年譜には「不明」としか載ってないんです。

金　吹田事件で、一二名の若い同志たちが鎖でつなぎ合って線路に寝そべったことがあった、そのうちの一人がのちに自殺するんだが、その遺品の中に、懐中電灯が残っていて、スイッチを押すと懐中電灯がまだ点いたんだ。それを書いた作品ですね。そこに僕の分身の形をとって、国元の親、親父に書きかけた手紙を登場させた。そこに書きかけの自分の手紙が映し出される、そういう内容です。内容はよく覚えてます。古い衣類など、洗濯もしないまま詰め込んだ箱の中に懐中電灯があって、ぱっと明かりが点いて、なんかこみ上がってくるものがあった。

――このあたり見つかって欲しいですね。「二つの部屋」と「遺品」は、第二部のなかでかなり大事な作品ですね。

金　学生同盟かああいう機関誌に書いたものだと思う。それで組織の評判が悪かったと思う。なんか闘争的じゃないって。あの頃、プロパガンダが恥ずかしくなった時期なんですよ。ことをなげに書いて朗読したり、大衆アピールしたりすることがすっかり習慣づいとったからねえ。

——不明の作品は第二部の方に多いんですが、第一部では「夜の磁気」です。

金　あの作品の内容は、記憶がある。割といい作品。僕の作品のなかで、割と一定の水準を持ってた作品じゃなかったかな。僕は今でも、ジジジと、耳鳴りみたいな音がすることがよくあるんよ。振り返れば、もう連絡がとりようもない関係、四・三事件でこっちに来てしまった自分と国との関係が背景にあったんだけどね。でも夜となると、磁力、磁気が働いて、闇が垂れ込めて、何か意思疎通がそのまま取れているような状態になる。闇というので全体が同じくつながってしまうような、そんな気持ちを書いたんだ。磁石というのは、南北で対置しているものでしょう。夜の闇が来ると、その闇を介して磁力が働いて、南北で私と接続できてないものが、ジジジと鳴りつづける。「夜の磁気」というのは割と僕、執着してね。詩集もそれで書こうかと思ったくらいだ。磁石というと、南北とプラスマイナスだからね。南北に分かれているけど、必然的にこれは、背反しとって対置して向き合ってつながっているものだという思いがあって。それをつないでいるのは僕の場合、夜の情景だけどね、そういうことで「夜の磁気」といった言葉を見つけた。

——「二つの部屋」のイメージともつながりますね。

金　うん、そういうことも、みんな同じ発想の中にあるねん。一篇だけで作品を終える気はないのよ。僕は何か考えだすとな、こう円環状に膨らんでつながって、絡みついてくるものを捉えようとするんだ。今でもそういう習慣が続いていて、東日本大震災も五年目になるけど、今でもそれに関連したものしかもう頭が働かないのよね。

■プロパガンダから季節のテーマへ

――「早い季節」についてはいかがですか。

金　それもストーリーは覚えてる。僕が小児ぜんそく持ちだったということもあってね、季節の変わり目、特に秋から冬になりかけの頃、気管支ぜんそくがよく起きる。霜の張った朝に早う起きて、学校へ行くために路地に出てくる子どもたちが、はやくも咳き込んでいる。つまり、この子どもたちは、季節の変わりをいちはやく体で知ってるっていう、なんかそういう風な内容です。路地のなかで咳き込んでいる子どもを描いた作品です。

――日本のとはまったく違う季節感ですね。

金　猪飼野の路地、わびしいもんやねん。植え込みがあるわけでもないしね。学校に行こうと表へ出たら子どもたちがコンコンコンって咳き込んでる。早くも季節はこの子どもたちに……、いや子どもたちは早くも季節を知っている……とかなんかそういった括りだったと記憶してる。

――そういう意味では、この辺は季節のテーマが出てますね。冬、それと秋とか……。そのまま「冬」というタイトルの作品があったみたいです。

金　その作品は記憶にないなあ。

——今から見ると、本当に四時というか、季節のテーマが多いですね。

金　プロパガンダが恥ずかしくなってくると、なんか日本の抒情詩にありがちなこととは別に、季節感を出せないかっていうそんな思いにあの当時からなっていったな。

——それから、「この地に春がくる」というタイトルの詩があります。これはどういう場所に掲載されたものですか。

金　日朝親善協会の機関紙だった。共産党系の息のかかった民間団体だったけど、タブロイド判の機関紙を出していた。朝鮮戦争が休戦なって、砲弾の窪地に花が咲いたとか、なんかそんなんじゃなかったかなと思う。

——他にこの日朝協会機関紙に載っていた作品があるということはないですか。

金　記憶にあるのは二、三回書いたような気がする。「この地に春がくる」の分は明確に覚えてるけどね。新年号かなんかで活版になったやつ、いつもは手刷りだった。

姜　私、ノート一冊見た。

金　わざわざ四八年何月って書きこんだりしてな。外国人登録証の制度ができる「四八年（昭和二十三年）」には日本に居たという証明の裏付けとして、制作年月日を末尾によく付していました。実に苦しい時期だったよ。外国人登録証がなかったもんでね。僕、割と几帳面な面もあるんだけど、引っ越しが多かったことと、『日本風土記Ⅱ』がおじゃんになったことでもう、すっかりやけのやんぱちになって、よう飲んだし。僕、梁石日に弱いのはね、あいつよう急性アルコール中毒で死ななかったなといまでも思ったりする。何べんもひっくり返っとったもんな。ほんま、常軌を逸した飲み方をしていた。飲み代の大方はソギリ（石日）が工面していた。

――この「春」っていうのは、やっぱり朝鮮戦争のあとというイメージですか。

金　ああ、あと。爆撃でみんななくなった村里に農民たちが帰ってきて、はじめて耕作した畑に芽が出たとか、花が咲いたとか、そんな詩じゃなかったかな。

――この辺ね、「春はみんながもえるので」とか、割と春をモチーフにした詩が多いですね。

金　春が救済だっていうことには、僕はずっと反発があってね。春はむごい記憶しかなかったもんだから。

――今から見ると四・三事件も惨たらしい春の出来事の一つですからね。

■命永らえた「二十五年」

金　「ぼくらは一日をかちとった」はね、ジャック・プレーベルの訳詩集を手に入れてね。

そこにね、「こんないい日をさ、雇い主にくれちまうなんて」っていう、そんな感じの詩があって、それとよく似た内容。よく晴れたいい天気の日にね、残業、残業で一日が消えていくことに反発する、なんかそんな詩だったように記憶している。

――どこに発表したかも覚えてらっしゃいませんか。

金 記憶にないなあ。

――ちょっと珍しいタイトルで、「ふぐ」っていう作品がありますね。

金 ああ、これ割とおもしろかったよ。短い詩で、割と好きな、うまく書けたと思った詩です。一〇行そこらの作品だったと思うんだけど、割とかっこいい作品だったんだよね。どこに書いたかなあ。ふぐの毒のことを反転させて書いた記憶があるんだけどね。うまい結び方ができたっていう、記憶だけが残っている。

――イメージが割とかちっとしてるわけですね。これも出てきてほしい作品ですね。

金 寸鉄人を刺すみたいな、そんな作品だったのに思い出せん。惜しい、どっかないかなと思うけど。

――やっぱりおいしいけど毒を持っているみたいな、そこですかね。

金 フグを食う魚がまたあるんだよな。いや、あると思いたいんや。

――フグを食う？

金　うん。そういう魚がある。毒というものの限界は化学方程式でわかってるけど、生態系で繋がってる中にはそんな限界があるとは思えない。それと表現する者の立場からすると、毒気のあることがむしろプラス。批評というのは、本当は毒気のことじゃないかと思ったりするのよね。何かそんなことを僕はね、まあ割とうまく書けたんだけどな。

——でもさっきのその「夜の磁気」にしろ「ふぐ」にしろ、運動関係の雑誌じゃないですよね。あくまで詩関係ですよね。だから出てきそうなんだけどな。

金　大体ガリ刷りの印刷物がほとんどの時代ですからね。僕らのつながりのコミュニケーションは、謄写刷りの伝達だった。

——あと「二十五年」という作品がありますね。

金　「二十五年」っていうのは私が日本へ来てからのことと違うんかなあ、四半世紀っていうこと。多分、日本へ来て二五年か、戦後二五年かどっちかだったと思う。戦後二五年なら……。

——七〇年ぐらいになっちゃうから、時期が合わないですね。

金　何が二五年だったかなあ。

——「遠い日」〔『地平線』所収〕には、「やっと二十六年を生きぬいたばかりだ。」という一節がありますが……。

金　ああそうか、自分の歳に関わったことだと思うね。二五だと、ちょうど病院に入った歳だと思うな。ウエニ病院からもう親元へ帰れと言われて、僕も助からんと思っていた。親などないから、先ほどの従兄弟の世話になって、日の丸館っていう猪飼野町中六丁目の、映画館隣の生野厚生診療所に入院した。たぶん臥せって、動きとれなくなった自分を書いたんだと思う。

――長かったとか短かったとかは特に覚えてられないんですか。

金　そんなに長い作品ではない。二五年命永らえてベッドに横たわって……、やっぱり親との関係で、あらゆるもの全てから切れて横たわっている自分……、あんだけまあ全大阪的な、近畿一円的な活動をやりながらね、いっぺんそういう風にひっくり返って病院に入ると、まあ孤独やねん。組織のなんの援助もないからね。

四　『新潟』との関わり

■「北」に帰れなくなる予兆

――『日本風土記Ⅱ』の第一部に「種族検定」が入っていて、それから『新潟』では長篇詩の一部分として「種族検定」が丸ごと入れられていますが、どっちを先に書かれたんでしょうか。

金　「種族検定」の方が先です。『新潟』という長篇を編むうちのひとつのセクションとして早くから考えていました。

——後から『新潟』に組み込まれたんですね。

金　そうそう。『新潟』もねえ、とびとびにすでにノートに書いた分があって、それを連関させていくのは五九年です。在日朝鮮人、僕みたいに戦後日本に来たもんたちの生活の不安定さ、ことに組織活動家として生きている自分の、こころもとなさ。それに帰国事業が起きはじめたことで北が地上の楽園と言われだした時期で、朝鮮戦争で一面焼け野原の北共和国が、楽園であろうはずはないといった思いが、ああいうもんを書かさしたんだね。結局、北へおいそれとは帰れなくなるそういう予兆みたいな作品だね、「種族検定」は。

——その辺ね、僕ら時代的にわかりにくいところもあるんですけど。僕らだったら例えばソ連だったらソ連がおかしいと思っても、社会主義とソ連は別っていう思い方がちょっと観念的だけどあったわけです。

金　いやみんなそう思ったのよ。

——だけど朝鮮人にとっての北は僕らが思うソ連とは違うじゃないですか。やっぱり祖国っていう思いがどうしても強いわけだから。

金　南の反共システムのなかでは右翼が跋扈してね、人権なんか一切ない状態からすると、北は金日成の神格化は露骨になってきたけど、南よりはまだねえ……。向こうの実情を知らないせいもあるけどね、韓国のように何万っていう人が牢獄につながれることはないっていう思い込みもまだあった時期でね。それでも本当に私が帰りつくところかっていう煩悶はつきまとった。

■小動物へのメタモルフォーゼ

金　前に『新潟』の鯉のことが難しいとか言っとったなあ。

――はい。

金　僕は自分がもういっぺん生き直すというイメージがあって、蛹《さなぎ》という素材を割とよく使ってきましたが、実は家の池で飼われてる鯉の一番のえさが蚕の繭の蛹なんですよ。高級な鯉には、蛹を手でつぶして投げる。ちょうどあれを書いた時期がね、池田首相が所得倍増計画論を打ち出した頃のはずでね。戦争も終わっちゃったし、戦争景気っていうのもおさまって、まともに経済活動をしなくちゃならない時期なんですね。経済的には平和安定恐慌期になって、中流意識が芽生えはじめたころでした。鯉は新潟の地場産業のひとつでもあるんですが、私にとって鯉を飼うっていうのは中流社会の象徴みたいなもんだったね。庭の池の鯉があって、私はなんとか蘇生しようとする蛹の状態で、日本の所得倍増計画のなかで、蘇生する私がえさにされているっていうイメージ。緋鯉とか、新潟は全国的に見ても高価な鯉を養殖していると聞いていてね。日本も拝金、実利主義に輪をかけはじめるんですね。なにがなんでも金が一番っていう思いが強くなる時期でしたからね。私は自分が日本で蘇生する、それは社会主義国家の北朝鮮へ行きつくことだと思っていたのに、蛹みたいに繭のなかに閉じこもってるんだよな。蘇生する私は、中流意識の奥方さまに、艶やかに鯉のえさにされている。日本で働いても飯が食えなかったことのイメージみたいなものだね。新潟の地場産業に鯉があったことと、自分がずっと未分化のまま閉じこもっている繭のなかの蛹、その蛹がようやく殻がとれたと思ったら、日本の中流意識のえさにされるという、そういうことで鯉と蛹の関係になっています。蛹はもっと先にも出てきますが、「女」っていう総称体の言葉を使っていて、特定の女性は出てきません。

――ブルジョワ的な女性っていうイメージ。

金　実利主義でお金が一番っていう風潮になっていく。否が応でも日本を脱出することが蘇生だのに、いざなってみると、私はなんのために北へ帰るのかっていう問いにはたと行きあたる。

――最初に言いましたように、『日本風土記』と『日本風土記Ⅱ』とかの流れでいくとね、割と動物が出てくるじゃないですか。南京虫、ネズミもよく出てくるし、犬とかね。そういう小さな動物のイメージがあって、それが『新潟』にいくと、みみずからいろんな動物に変わっていくでしょう。ああいうところは、繋がっていくところがあるような感じがします。

金　みみずというのは、表立ったところ、日の差すところでは生きようのなかったものの化身みたいなものです。つまり裏通りでしか生きられない在日同胞と、ましてやそこに潜り込んだ私。潜り込んだこと自体がみみずの習性みたいなもの。太陽というのはすべての生命の源というけど、僕にとっては太陽に当たったら死なんならんっていうイメージがある。それは警察沙汰になるとか、密航者として摘発されるということにもつながって、自分はみみずで生きるしかないなということになる。それでいて、土壌を豊かにするひとりでもあるんだと。表では行きつけない、地中を這ってしか新潟、三八度線に近寄れないっていうのが、そういう生き物に変わっていったんだね。

――やっぱりみみずが土を豊かにするっていう、イメージもあるわけですよね。

金　自分が生きること自体が困難な状態にいながら、実はそれ自体が生きてる場をね、少なくとも生きる場をマイナスにはさせてないんだと。そのためには私は潜ってしか暮らせない人間だ、生き物なんだって、そういう思いになっていた。

――蛹もえさだけど、みみずも一方ではえさですね、釣りのえさとかね。

金　こっちが害を及ぼしてるわけではないのに、してやられる側でしかないんだね。

■四・三事件の記憶

――四・三事件について『新潟』ではかなり出てくるんですけども、一番早い時期に書かれたものとしては「わが性　わが命」と考えてよいんでしょうか。

金　それが早かったんと違うかな。いつごろだったかな。

――初出が一九五九年一一月の『カリオン』です。

金　あの段階で、『新潟』はほとんど書き終わっていましたからね。その関連で四・三をもっと書きつづけようという思いになった時期のはしりですね。ああいうことを書くというのは自分の正体もさらすことになりますので、日本での居住権を失う、逮捕されることだってありえましたからね。いつも逡巡しながら、でも書きとめなきゃという思いにも駆られてはいた。

――「わが性　わが命」に出てくる鯨の話は何かでご覧になったのですか。

金　うん、あれは本で読んだかな。鯨は図体が大きいから、さぞや男根も大きいだろうということまで調べたら、鯨は絶命のときはむき出しのまま死ぬというんだね。そして人間が縊死されると、あれもまず脱糞、うんちが落ちるんですよね。うんちが落ちてペニスがきりっと立ってる、よっぽど年寄りでない限りね。それが求心性勃起神経というそうだけど。ナチスのアウシュヴィッツでも、少女たちがガス室でね、ほとんど初潮をみたそうだ。そういう、命をつなぐことへの性の本能みたいなものかな。粛然としたな。

——あの詩では鯨がそういう状態で、それを捕獲してこれは邪魔やって切り取られて、最後それがプランクトンの群れのなかに放たれるという内容ですよね。そこに「義兄の金」ですか、四・三事件の記憶を重ねてられますよね。

金 そうそう。あれは、縊死されたらペニスが立つということは聞いていたけど、医学的にもやっぱりそれは証明されているんだね。老人でない限り、若い三〇前後の人はだいたいそういう状態で死んだと思う。

——そしたら、「義兄の金」もそうだっただろうという。

金 僕の想像の実感でもある。

五　その後の詩集への広がり

■遅配された手紙

——「究めえない距離の深さで」では、お母さんの手紙が留め置きになっていて、何度か転送されてお母さんが亡くなってからやっと「ぼく」のもとに届くという場面がありますが、実際にそういうことがあったんでしょうか。

金　これは実際の例から作ったものです。私が引っ越しばっかりするもんだから、僕のおったところ後追いしてくれて、手紙が人づてに届いたんだな。二枚付箋がついていて、二枚目のところの家主かなんかが、とっといてくれたやつなんだよ。これは労働組合の人がくれたことになってるけれど、実際は元間借りしていた家の家主が届けてくれた。

――「全逓同志」が届けてくれたんではないですね。引っ越した先に元の家主さんが届けてくれた。

金　すぐこんな虚構を入れて、いけない性分だね。

――『日本風土記』の扉には「父の墓前に捧ぐ」とあって、「あとがき」にもお父さんに対する言葉が記されていますが、『日本風土記Ⅱ』ではお母さんに対して何か書かれたりとかされたんでしょうか。

金　『日本風土記』を出す段階で親父の死を知ってね、扉の献辞にしたんだよ。『日本風土記Ⅱ』の場合は体裁をなさんままおじゃんになっちゃったから、そんな気を遣うどころではなかった。

――あとがきまでは考えられてなかったんですか。

金　いや、入稿して間もなく、お前まず原稿引き戻せとな。査問委員会開くから撤回しろって。中央の組織部から電話で「日朝親善にもとるから」と、飯塚書店に抗議があって。

――ああそうか、組版ができてたといっても、校正は出てなかったんですね。

金　そう、原稿入れてすぐや。

――あとがきとか、ああいうのは普通校正返す時に書くのが多いですからね。原稿預けて、出版社としては組版までしてたけど、それを解体されちゃった。

金　向こうは藪から棒に突然やめろと言われたんでね、ほんとにものすご迷惑かけたわけやね。もうそれでやけのやんぱちになっちゃってな。原稿など見る気もしなかった。

――なかなか転送まではしてくれないですよね。

金　失落感っていう、僕が勝手に使ってる言葉だけど、もう全く生きるのが嫌になった時期だね。ここまで命永らえてな、親父、お袋見捨てて、こんな様でなんで生きる必要があるんだろと思ったね。梁石日が「おっさん自殺するんと違うか」言うて心配してたっていう話を、後ほど鄭仁から聞いたけど、もう生きるよすがが何もかもなくなっちゃったんや。そういうお陰で「在日を生きる」っていう命題に行きあたったわけでもあるけど。

――そうすると装丁とかもまだ出来てない状態だったんですか。

金　版元としてはたぶん、誰かに装丁を頼んでいたんとは違うかな。

――『日本風土記』はなかなか印象的な装丁ですよね。

金　ああ、吉仲太造っていう人。よく売れていたひとらしい。

■猪飼野の風景

――「穴」が何度読んでもよくわからないんですが、どういう作品なんでしょうか。

金　「穴」は結構かっこいい作品だけど、読むのは難しかったと思う。あれね、梁石日が育ったところが大成通りという、市電停留所の近くでね、今里から鶴橋を通って境川に至る千日前線の市電が通っている。市電の乗り降りは通りの真中に設けられているセイフティッドゾーンが使われるが、そのセイフティッドゾーンで最終電車を逃したらもう行くところがないということが発想なんだけどね。僕はあの当時、バス賃にも事欠くような暮らしだった。何かから外れたらもう孤立無援、といった強迫観念にとらわれていた。チャンスはいつも、機をうかがうように私の身の周りから駆け抜ける、といったところをねらった作品です。

――ひとり男がいるじゃないですか。それがマンホールのふたが取ってあるところに落ちちゃうという設定。

金　マンホールの蓋を盗る不心得者は、あの当時からすでにあった。

――よく「祖国の命運から離れていられる安全地帯」とおっしゃるときの、そういうイメージも重なっているんでしょうか。

金　「セイフティッドゾーン」というひびきには現場離脱で命を長らえている、私の〈在日〉

が共鳴する。当然かぶさっているイメージです。この「しゃりっこ」というのは割と評判よかった作品です。これは群読にもよく使われたんだよな。この「あか」というのは、銅線のことだけど、これは言うところのアカ、共産主義者のことでもある。みんなシロに傾いていった時期だった。

——「あか」は銅線と共産主義っていうのが掛けてあって、その「あか」に対しての「白」なわけですね。

金 そういうこと。そして「白」は同時にアルミのことです。

——アルミと、反共の白を掛けてある。

金 共産党が国会議員ではほとんどゼロに近い状態になって、共産党アレルギーが行きわたって、社会主義への希望みたいなものが退潮していった時期だよね。

——「あか」とか「白」を食ってなんとか黄金を生み出すっていう作品。鵜飼哲さんがこれを傑作と言ってましたね。

——ちょうど銅の需要が減って、アルミの需要が伸びていた時期でもありますね。家電ブームや建築ラッシュなんかで。

金 いっぱい出た時期だよね。

——実際そういうことがあったわけですね。でもこれ、あの時代のなかでは、「むかしはあかを喰った。／今は白を喰っている。」って、それだけでもおかしかったんですね（笑）。

金　あの当時ソヴィエトはものすごく憧れの国で、歌ごえ喫茶店でもみなソヴィエトの歌ばっかり唄っとった。それがわーっと潮が引くように、唄わなくなっていくんだよな。ロカビリーはこの辺りから出はじめたんかなあ。今度は追いかけるようにロカビリーみないなものが、アメリカのポップスが流行り出した時期なんだね。

――アパッチに参加していたときの体験も背景にあるんですよね。

金　「しゃりっこ」は、一円玉が基本にあるイメージだけどね。米粒、白飯を表す梵語の「しゃり（舎利）」でもある。あのときは、一円というのは金のうちに入らないと言われていた。一円玉は道で拾う人もいなかった。僕、こういうエッセイを読んだことがある。道に落ちた一円玉を拾うために、腰をこごめて拾うあのエネルギーより、一円の方が安いという、そういうことを物理学者が書いていた。一円は、無視される存在だったのよ。一円が必要になってくるのは、日本のバブルが壊れてからやね。だからね、一円玉はそこら中にあったんだよ。といって、そこら中にあったのに、生活はちっとも楽じゃなかった。特に我が同胞たちの生活といったら……。私が執着したのはその一円玉だね。アパッチの鉄掘りの価値では、アルミは高いんだよ。我が同胞は貧乏だけどね、貧乏だから却って、その価値のあるアルミが身の周りのそこらじゅうにある。それが発想の元となった。飯があたらない私たちは一円玉を、めしにして喰う、そうすると口のなかでじゃりじゃり音がする。そういうイメージが幾つか重なったものだね。作品は単調だけど。あれはリズム感が……。

——リズム感がいいですよね。

——「労働昇天」という作品が、かなり年数が経って『猪飼野詩集』〔一九七八年一〇月、東京新聞出版局〕に入れられてるんですけども、時代が違うのに『猪飼野詩集』に入れたっていうのはどうしてですか。

金　あんとき僕も食いつめて、家内の親父がやっていた小さい町工場で、前近代的な手回しミシンのプーリン作るのにちょっとの間働いたことがあってね。「労働昇天」は長時間労働が当たり前のような零細な町工場での、労働者のうっ屈を書いたものだ。手回しハンドルのプーリンを多身銃（サクソニア）に擬して撃ちまくるという内容だね。『日本風土記Ⅱ』が本にならなかったから、それを僕は『猪飼野詩集』で使った。「在日」の労働実体のひとつとして書いたものです。その当時はテロという特別な言葉が社会的に出回ってない時代だったけど、僕のうっ積した憤懣はテロに至る心情を鬱々と持っとったな。アメリカによる反共シフトが東南アジアへかけて強烈に布かれる時期だったから、「労働昇天」ではなお荒れまくった。

■生きるよすがだった「北」

――「檻を放て!」の結び「この地の足場から／彼のはばたく先は／海の向こうの／北にある」というのは、どういうイメージなんでしょうか。

金 虚構の作品ではあるにせよ、強権独裁下の韓国へは行かすわけにいかないので、まだ〝正義の国〟と思われていた〝北共和国〟を指して言っているフレーズです。プロパガンダの作品の一つではあるが、やはり北朝鮮に対する僕の混迷の表れではあるね。

――やっぱり『新潟』のテーマと基本的には同じですよね。

金 大村収容所にひったてられたら、あの当時「北」との国交がないんで、今でも国交はないけど、北へ帰るということだけが強制送還を遅らせることでもあったんだ。日本は北へは送り返せないから、北へ帰るということが大村収容所に収容された人たちにはただ一つ言っていい闘争要求だった。李承晩政権の末期ぐらいだけど、だから韓国へ送り返されない分、大村収容所に何年もつながれたままであるという状態がずっと続いた時期だな。くどいようだけどこの時期は北はまだ正義でもあった時期なんだ。韓国に比べてね。戦後回復もはやかったし、活力もあふれている感じだった。北はやっぱり正義だと思った時期だったから、六〇年前後までは。私もまだ北が生きるよすがであった時代。批判を食いながらでもね、やっぱり北は僕にとって正義、生きるよすがだったね。

――現代詩和歌山研究会のアンソロジーに「籤に生きる」という作品が掲載されているのですが、図書館にも所蔵されていないようでなかなか見つかりませんでした。それで、和歌山の詩人、山田博さんがご提供くださって、一緒に「現代詩を語る夕べ」という講演会のチラシのコピーも頂いたんですが、この講演会については何か覚えられてますか。一九五八年八月一七日に和歌山でされた講演会なんですけども。金時鐘先生は、「詩と流民の記憶」というタイトルで講演されています。

現代詩を語る夕べ、1958年8月（原圭治さん提供）

金　ああ、行った記憶ある。向こうでテープ起こしして、活字で出たんと違うかな。和歌山には二度ほど行ったんですよね。（チラシを見ながら）このメンバー、井上（俊夫）は確かに行った記憶あるけど、富岡多恵子は行ったんかな、和歌山まで。ここらへんの記憶が曖昧で……。乾武俊は世話役みたいな感じで、行ったことは行った。向こうで泊まって飲み明かした記憶ある。港野（喜代子）さんはなんでも即興で詩を読んだりなんかして二〇分、三〇分ほどやるけど。

――富岡さんがまだ若いときですね。

金　はじめての詩集を出す直前違うかな。

――内容は流民の記憶論争に関するお話をされたんでしょうか。

金　それと関わって話をさせられたんと違うかな。「詩と流民の記憶」となってるから……。

――きょう、お話をうかがって、だいぶたっても、作品の一つ一つが記憶のなかにあるのが印象的でした。見つかっていない作品のいくつかもどんな感じかがわかってよかったです。「二つの部屋」と「遺品」、「ふぐ」なんかは特に出てきて欲しいですね。

――はい、読みたいです。

金　皆さん（細見さん、宇野田さん、浅見さん）の好意以上の厚意でこれだけ調べて探しだしてくださったんだから、俺死んでも散逸した詩稿の検証物がこれだけ残るんだなあ。あと三年したら僕はもう満九十歳。たぶんあちらへ行ったあとだろうね。

――いやいやいや、そんなことないでしょう。今日は貴重なお話しを、ありがとうございました。

＊本インタビューは、二〇一六年二月七日に大阪鶴橋で行なったものに、詩誌『イリプス』Ⅱｎｄ第七号掲載のインタビュー（二〇一一年一月三〇日、金時鐘宅。インタビュアーは細見和之と浅見洋子）、同人誌『論潮』第六号掲載のインタビュー（二〇一二年二月一日、金時鐘宅。インタビュアーは細見和之と浅見洋子）を合わせたものである。原稿は、金時鐘さんにご確認いただいた。

〈解説1〉『日本風土記』論——許南麒『朝鮮海峡』との比較を中心に

宇野田尚哉

一九五〇年代後半、北園克衛『ヴィナスの貝殻』(一九五五年)に始まるピポー叢書などにより詩集の出版社としての地位をすでに確立していた国文社からは、在日朝鮮人の詩人による詩集が二冊刊行されている。金時鐘『日本風土記』(一九五七年一一月)と許南麒《ホナムギ》『朝鮮海峡』(一九五九年四月、ピポー叢書57)である。本解説では、この両詩集を比較することによりそれぞれの特徴を浮かび上がらせることを試みてみたい。

1

「追われる者のうた」「対馬詩集」「大村紀行」「寓話」「朝鮮海峡」の五部からなる許南麒『朝鮮海峡』に登場するのは、「南朝鮮」の圧政を逃れて日本に密航してきた青年や、日本の官憲に捕らえられ大村収容所に送られて「南朝鮮」に強制送還されようとしている密航者たちや、海の向こうの祖国に思いを馳せそこへの帰国を希求している在日朝鮮人たちである。「対馬詩集」冒頭の作品「眺望」は、対馬を訪れた著者が釜山から密航してきた青年と釜山を眺望しようとするがかすんでいて何も見えない、という印象深いプロットの作品であるが、「朝鮮海峡」冒頭の作品「海」は、よりはっきりと著者の志向性を示している。次にその全文を引いておく。

みんな／終日／海に向かって／坐っていた、／飯もくわず／水も飲まず／身じろぎ一つせず／海を見つめて／坐っていた、／／やがて／日が暮れ／海が暗くなると、／彼等はほっと／溜息をして／家路についた、／／砂丘を登り、／砂丘を下り、／海のむこうの／彼等の祖国からは／だんだん遠くなるばかりの／小さな町へ帰って行った、／／(朝鮮は　いつ／一つになるだろう、／おれたちは　あの生れた村へ／いつ　帰れるだろう)

ここで許南麒が海の向こうの祖国を志向していることははっきりしている。そして、詩集全体を通じて祖国の南半部が圧政下にあることが強調されていることを考慮に入れると、このような志向性を基調とする詩集『朝鮮海峡』は、一九五九年一二月に帰国第一船の出港を迎えることになる帰国運動の高揚と軌を一にした作品であり、祖国としての朝鮮民主主義人民共和国を強く志向する詩集であったといえる。

これとの対比で、『日本風土記』のなかの、語り手が在日朝鮮人であることが明示されている作品や、登場人物が在日朝鮮人であることが明示されている作品を読んでみると、著者の志向性のあり方がまったく異なっていることがわかる。たとえば、「コンチおばさん」によるネズミの処刑を描いた「長屋の掟」は、のちの『猪飼野詩集』(一九七八年)の世界を彷彿とさせる作品であるが、ここに描かれているのは、日本最大の在日朝鮮人集住地猪飼野における人々の生活である。その一断面が印象深いかたちで切り取られ、一編の詩として定着されているのである。一読して明らかなように、この作品では、著者の志向性は、在日朝鮮人の日本における生に向けられている。

猪飼野の西側を走る国鉄城東線(現在のJR大阪環状線の東半分)の車内を舞台とする「若いあなたを私は信じた」は、在日朝鮮人の日本における生の一断面を、日本人との関わりという視角から切り取った魅力的な作品であるが、「ぼくがぼくであるとき」では、著者に擬せられる作中人物「金君」と分断されている朝鮮半島との一筋縄ではいかない関係が、日本人の親友「木場君」とのやりとりを媒介として開示されることになる。

この作品のプロットとなっているのは、オリンピック出場をかけて日本代表と韓国代表が戦った実際のサッカーの試合で、この試合では作品中にある通り二点差を追いついた日本代表が抽選の結果オリンピック出場権を獲得している。この作品は、この試合を喫茶店でテレビ観戦している「金君」と「木場君」とのやりとりというかちで展開される。
親友の「木場君」は、「北鮮派」の「金君」は韓国代表と戦っている日本代表を応援しているに違いないと決めてかかっている。その「木場君」に対し、「金君」は、「このことばかりは／なじめない」と感じ、「憂うつ」になる。「金君」は韓国の選手に「かけがえのない／同胞たち」という感慨を抱いてもいるのである。次に引く一節は、（ ）で括られており、作中人物「金君」の内的独語というかたちをとった仮想対話として読むべき一節であるが、そこには次のようにある。

（一体君はどっちなんだい⁉／韓国を勝たすつもりかね？／それとも負かすつもりかね？／ぼくにもわからない。／ただ〝朝鮮〟が勝ってほしいのだ。／何を言っているのか⁉／あれは韓国を代表した／選手団なんだぞ！／李承晩の力の誇示を許すのか⁉／もう言うな！／そのことでぼくの頭は今一ぱいなんだ。／その〝朝鮮〟が探せなくてな！）

ここには、朝鮮民主主義人民共和国へと無条件に同一化するのではなく、統一された朝鮮を日本で想像しようとするような構想力が働いているといえる。許南麒『朝鮮海峡』と比べた場合、金時鐘『日本風土記』においては、著者の志向性がより強く在日朝鮮人の日本における生に向けられている、という特徴をさきに指摘したが、それに加えて、朝鮮半島が志向される際も金時鐘『日本風土記』においては統一された朝鮮を日本で想像しようとするような構想力が働いていた、という点を、もう一つの特徴として指摘できそうである。

2

両詩集のあいだにこのような違いが生れてきた背景としては、両詩集が出版された時点ですでに二人の立場が相当分岐していたということが考えられる。この点について見ていくための手がかりとして、第一部冒頭の作品「政策発表会」を一瞥しておくこととしよう。

作中の「私」は、誰かに「相乗りをされて」、タクシーで「共産党の政策発表会へ急いでい」る。その道中で、大きく「カーブを切」ったタクシーは、市電線路に横たわっていた犬の「端をふんづけにして」しまう。轢かれた犬から遠ざかる車中の「私」の視点から、この作品は次のように結ばれる。「市電線路に腹ばいになり／首だけをもたげていた／犬の無表情さが／／いくら走っても／黒い被写体となって／燃えるような夕陽のただ中に横たわっていた」。この作品は、多様な解釈を許すであろうが、当時の文脈を踏まえて解釈しようとするなら、朝鮮戦争休戦後の東アジアにおける国際共産主義運動の構造変動についての知識が不可欠である。

スターリンが死に、朝鮮戦争が休戦を迎え、ソ連が平和共存路線に転じ、中国も平和五原則を唱えるなか、一九五〇年代半ばには、東アジアの国際共産主義運動は、その枠組を大きく変容させることになった。すなわち、コミンテルン時代以来の一国一党主義が改められ、外国に居住するコミュニストは居住国の党ではなく祖国の党の指導を受けるものとされるようになったのである。左派在日朝鮮人運動における大衆団体の民戦（在日朝鮮統一民主戦線）から総連（在日本朝鮮人総連合会）への転換（一九五五年五月）はこの変容と連動した再編であり、以後、朝鮮人コミュニストは、日本共産党を離脱して、総連に結集し、祖国の党の指導を受けることになった。

「政策発表会」に立ち戻ると、「共産党の政策発表会」に向かうタクシーに「相乗り」しているのは、一九五五年以後共産党とは組織的に分離しているはずのもう一人の自分自身であり、このタクシーに轢かれて「市電線路に腹ばいになり／首だけをもたげてい」る「犬」も、一九五五年の路線転換により政治的に傷つき取り残されていく自分自身にほかならない。『日本風土記』第一部は、じつは一九五五年の路線転換を批判的に捉えなおす作品から始まっているのである。

そもそも金時鐘は、十分な討議もなされないままそれ以前の運動の意味を全否定するかたちでなされた路線転換に批判的であった。また、祖国の党と直結するようになった左派民族団体が、政治的教条を直輸入してきたり、朝鮮語による詩作を求めてきたりするのを唯々諾々と受け入れるには、あまりに詩人でありすぎた。金時鐘は、有能な活動家として組織の指令をこなす以前に、詩人として反発したのである。この対立の詳細については、関係する資料を収める巻の解説に譲るしかないが、一九五五年からくすぶっていたこの対立が全面化したのは、金時鐘が評論「盲と蛇の押問答—意識の定型化と詩を中心に—」を『ヂンダレ』第一八号に発表したことによってであった。一九五七年七月のことである。『日本風土記』が刊行されたのは同年一一月であるから、『日本風土記』自体はこの対立の影響はほとんど受けていないが、第三詩集となるはずであった『日本風土記Ⅱ』はその影響をまともに受け、結局幻に終わってしまうことになる。その経緯は、本巻所収の金時鐘「立ち消えになった『日本風土記Ⅱ』のいきさつについて」に述べられている通りである。

一方、許南麒は、路線転換後の組織の方針に忠実に従った。彼が共和国の朝鮮作家同盟の正盟員になることを許されているという事実は、端的にそのことを示しているだろう。在日の現実を描くことよりも、「南朝鮮」の圧政や日本政府の抑圧を批判し祖国に思いを馳せることに重きが置かれているという『朝鮮海峡』の特徴は、そのような彼の立場性と相関的なのである。一九五〇年代後半に国文社から刊行された二人の在日詩人による二冊の詩集は、以上のような立場の配置のもとで、それぞれの課題に取り組んでいたといえる。

3

さきほど述べたような事情により『日本風土記Ⅱ』は未刊に終わり、以後金時鐘は長い沈黙を強いられることになるのであるが、一方の許南麒も、『朝鮮海峡』を最後に日本語詩人としては筆を擱いている。この詩集の最後に収められている作品「アル詩人ノ願イ」には、次のようにある。

ワタクシノ胸ノ底ヲ流レル血ト／同ジ血ガ通ツテイル多クノ／子供タチガ　ウタニ飢エテイルノニ／ドウシテ　ワタクシガ／ココニ残ッテ／日本ノコトバデノ／ウタヲウタツテイラレヨウ、

このようにして、許南麒は、日本語詩人としては筆を擱き、朝鮮語詩人として創作を続けた。しかし、管見の限りでは、この時期以後の許南麒は、「ウタニ飢エ」た朝鮮の子供たちのために詩を書くことよりも、金日成や韓徳銖《ハンドクス》のために詩を書くことのほうが多かったように見える。このときの許南麒の詩人としての選択をどう評価するかは、在日文学研究上の重要な課題であるといえるだろう。

許南麒とは異なる詩人としての選択をした金時鐘は、長い沈黙ののち、自らの来歴を辿りなおしつつ在日することの意味を極限まで掘り下げた孤高の詩集『新潟』を一九七〇年に刊行することになる。振り返ってみると、『日本風土記』と『朝鮮海峡』が刊行された一九五〇年代後半は、それまでは混沌としたなかで展開されていた解放後の在日朝鮮人による文学的営みが、朝鮮戦争休戦後の東アジア国際関係の再秩序化と連動して、分化していった時代であったといえるだろう。『日本風土記』は、そのような分化の初期の局面に位置づけることのできる金時鐘の詩業であり、分化のもう一方の極に位置する許南麒『朝鮮海峡』と比較するとき、その特徴はより明確になるといえる。

以上、述べるべきことは述べた。最後に、逸することのできない参考文献を紹介しておくと、浅見洋子「金時鐘『日本風土記』注釈の試み」(『論潮』第二号、二〇〇九年六月)は、『日本風土記』を読む際にまず参照すべき基本文献である。ぜひ参照されたい。

(うのだ・しょうや/大阪大学教授・日本思想史)

〈解説2〉未刊行詩集『日本風土記Ⅱ』とその時代

浅見洋子

はじめに

『日本風土記Ⅱ』は、朝鮮民主主義人民共和国及び左派在日朝鮮人運動組織（朝鮮総連）から、金時鐘が激しい政治的批判を受けていたただ中に書き進められた詩集である。『日本風土記Ⅱ』は一九六〇年頃に組版の段階まで進んでいたが、組織との軋轢のもとで刊行に至ることなく、後に原稿も散逸してしまうことになる。今回復元された『日本風土記Ⅱ』からは、読み手の想像力に奥行きと広がりが委ねられた、高密度な表現が読み取れる。その表現の深まりと連動するように、〈在日〉であることをめぐる先鋭な問題意識が急速に深まっていくのである。同時期に書き進められていた『新潟』（刊行は一九七〇年だが、一九五九年頃に書き終えられていた）と共に、金時鐘の在日朝鮮人詩人としての優れた到達として、この詩集を読むことができるだろう。

『日本風土記Ⅱ』を読むと、それまでになく金時鐘が自身の過去を吐露していることに気づかされる。もちろん、第一詩集『地平線』（一九五五年）や第二詩集『日本風土記』（一九五七年）においても、金時鐘の記憶を投影した言葉は散見される。しかし、『日本風土記Ⅱ』では、生まれた場所、育った場所、済州島四・三事件から故郷に残してきた父母の追慕に至るまで、日本へ辿りついた経緯が複数の詩篇に書きとどめられているのである。

詩集冒頭の「カメレオンのうた」は、組織の政治主義・教条主義を風刺した作品である。「俺」は「スローガンの張り出しに余念がな」い「総連」を「ロポット一族」と称する。これに対して「少しの苦痛もなしに／全然別な芸当をやってのけ」る「俺」は、「清教徒で／獣慾主義者」であり、「共産主義者で／資本主義者」であり、「目まぐるしい労働の騒音を好むと同時に／俺は典雅な閑静さを必要とする。」という、正反対の主義や思想や趣味を併せ持つ人物として造形されている。一見すると、「俺」は分裂した人物のようにも思える。だが、対立する概念がひとりの人間のなかに同居するという局面は、むしろ人間なら誰しも、少なからず持っているものであろう。完全にどちらか一方に収まりきるという事態こそ、むしろ人間のあり方として不自然なことなのだ。

この詩で「俺」は、「俺の過去は何斗分に相当するか?」と自らに問い、その雑多な「記憶」

を「共同便所」に喩えている。「俺の過去」は「原子核のそれよりも重い」という主張は、「俺」も雑多な「記憶」を持った個性ある人間のひとりに他ならないという宣言である。それは、人間を画一的に統制しようとする組織のあり方に対する、生身の実感による拒絶の表明ともなっている。

「カメレオンのうた」を冒頭に据える『日本風土記Ⅱ』では、金時鐘が自身の過去を問い返した詩篇が、記憶をさかのぼる形で要所に配置されている。組織側の論理によって自己の存在をまさに全否定されたとき、金時鐘は自分が一個の人間として蓄えてきた記憶を丹念に辿っていくのである。

1 三種の選別と排除——暴かれる「俺」の来歴

「種族検定」は、この奇妙なタイトルが示すとおり、さまざまな属性を持った登場人物たちによって「俺」が次々に選別と排除を受け、その内実が暴かれていくという詩である。「角をまがることで／彼と俺との関係は決定的なものとなった。」という冒頭の一節は、そのような状況設定を、緊張感を伴って鮮やかに示していよう。「彼と俺」とは、活動家である「俺」と、それを尾行する私服警官のことである。こうして尾行されていることが決定的になった瞬間、「彼」は「奴」へと呼称が変えられ、「俺」の逃走劇がはじまる。

影のようにつきまとう「奴」は、あたかも「俺」自身でもあるかのようだ。しかし「俺」は「奴」を「犬」と呼び、自分は雄々しい「四肢獣」に変身する。さらには「奴」をやりこめるために、同胞集落へと「奴」を誘いこもうとするのである。このあと、追う者と追われる者の内面の緊張、そして「奴」を罠にかけようとする「俺」の駆け引きが張りつめた文体で描かれ、テンポよく場面が進んでいく。このような設定のもとで、金時鐘は「追いつめられ」通しだった「俺の半生」をえぐり出し、問い返そうとしているのである。

この詩で「俺」は、次々と登場する人物たち（「奴」・「猫背のドクター」・「女将《アジュモニ》」・「おっさん」・「GI靴」）によって、三種類もの〈種族検定〉にさらされる。とりわけ、全篇にわたって終始「俺」を追いつめにかかる「奴」は〈種族検定〉をより苛酷にし、「俺」の自己省察を加速させる重要な人物だ。

一度目は、「奴」と「猫背のドクター」が行う、日本人が朝鮮人を選別・排除する〈種族検定〉である。私服警官の「奴」は在日朝鮮人に対する日本国家の態度を、「猫背のドクター」は日本人の庶民感情を体現した人物である。「奴」は活動家の「俺」を尾行したり、外国人登録証の提示を命じたりと、国家権力を盾に終始強圧的な態度に出る。それに比べれば、「潜在性B_1欠乏症による多発性神経炎」を起こした「俺」に「変なうす笑いを浮かべ」て「〝日本人なみですなあ〟」と言うだけの「猫背のドクター」は、その存在に注意が向きにくい。

おそらく「猫背のドクター」は、「俺」を軽くあしらったに過ぎないのであり、自分の言葉が持つ暴力性には無自覚なのだろう。日本人の朝鮮人に対する差別意識は、日常に潜伏し、だからこそより根が深い。「猫背のドクター」の短いセリフには、朝鮮人は日本人より劣っている、その朝鮮人が日本人並みに「白米」を食っているのか、という偏見が透けて見えるのだ。

この詩で鮮烈なのは、「俺」の叫びが自分に跳ね返ってくる一連の場面である。ここで「俺」は、自分の陣地で思いがけず、第二の〈種族検定〉を受けることになる。

俺はもんどり打って叫んだ
〝犬だァ!〟
脂くさい土間が総立ちになった。
奴は俺におおいかぶさるようにして
親愛なる同胞にしめあげられた。
正真、親愛なる同胞に!
脂とにんにくと人いきれの中で
俺は当然の報酬を待って云った。

〝夏はやはり犬汁《ケジャン》ですなあ……！〟
鉢を取りかえていた女将《アジュモニ》がけげんそうにまじまじと俺を見た。
そして振り向きざま
〝おっさん、こいつも犬やでェ！〟

同胞集落に「奴」を誘いこんだ「俺」が「〝**犬だア！**〟」と叫び、「奴」は「おっさん」によって捕えられるが、してやったりと「当然の報酬」を要求する「俺」が、今度は「〝おっさん、こいつも犬やでェ！〟」と仲間であるはずの「女将《アジュモニ》」に摘発されてしまうのだ。「純度の共和国公民にはなりきってないんだ――：」という「俺」のセリフから、この場面は共和国支持者の寄り合いでの出来事であることが想定される。つまり「俺」は、本来自分が帰属しているはずの「共和国」の側から〈種族検定〉されたわけである。このあと「俺」は、「〝登録を出せ〟／〝登録を出せ〟」という「奴」の執拗な尋問を受け、聞かれてもいない自分の来歴を叫びはじめる。
ここで「俺」は、「北鮮」で生まれ、「南鮮」で育ち、「ヤミ船」で「日本」に流れ着いた自己の来歴を暴いている。そのうえで、「純度の共和国公民」たるべき自分が本当に好きなのは、南の「韓国」でも北の「共和国」でもなく、統一体としての「朝鮮」に他ならないのだという胸の内を吐露しているのである。しかし、このような「俺」の率直さは、多少なりとも自分の本心を欺くことで「純度の共和国公民」たろうとする者にとって、一番触れられたくない暗部をえぐり出してしまうのだろう。なぜなら「俺」の存在は、彼らの内なる敵として、一枚岩たるべき「共和国」に亀裂を生じさせてしまうからだ。

この後、「奴」とともに「おっさん」の一撃を喰らい、意識が混濁するなかで、四・三事件の記憶がよみがえることになる。「GI靴」によって地面に「這いつくば」らされ、「頤をけ落と」されるという「俺」の屈辱的な記憶が充填されたこの場面では、「GI靴」の「〝こいつは赤狗《パルゲンイ》でもザコだで！〟」というセリフが生々しく響く。ここで「俺」は、反共主義に覆われた「韓国」から、三つ目の〈種族検定〉にかけられるのである。

「流暢な朝鮮語をあやつっていたGI靴」が「俺」を「赤狗《パルゲンイ》」、つまり「アカ」と呼び捨て蹴飛ばすという設定には、米ソ冷戦を背景として、解放後の朝鮮半島に渦巻いていた国内の左右の亀裂が凝縮的に表現されている。「流暢な朝鮮語をあやつっていたGI靴」とはすなわち、米軍政の思惑で導入された、朝鮮人による右翼勢力のことなのだ。日本帝国主義時代に対日協力者として暗躍したいわゆる親日派は、解放後に「民族反逆者」として追放された。だが、解放後に湧き起こった社会変革へのうねりのなかで、民衆と直接対立することを恐れた米軍政は、朝鮮総督府の人員と機構を継承することでその動きに対立した。金時鐘も強調していることだが、このようにして民衆と米軍政の対立は「同族どうしの抗争に入れ替え」（金時鐘）られ、南朝鮮社会に深刻な亀裂を走らせたのである。

このように「俺」は、「日本」からは「潜在的犯罪者」あるいは日本人より劣位の存在として、「共和国」からは「民族虚無主義者」として、「韓国」からは「赤狗《パルゲンイ》」として選別・排除されてしまう。はじめは勇ましい「四肢獣」として登場する「俺」であるが、場面が進むごとに「奴」と同じ「犬」、さらには「赤狗《パルゲンイ》でもザコ」とそのイメージを変化させていくのである。通常は、来歴を辿れば何らかの根拠に辿りつくものだろう。しかし、この詩においては、日本・共和国・韓国から受ける三種の〈種族検定〉にさらされるなかで、たぐり寄せられる来歴も、帰属する場も、次々と否定されていくのである。その果てに、「青白い日輪の乱反射に舞う種族不明の登録証！」という一行で詩は結ばれる。この宙づり状態は、「俺」の不安定で苦しい状況を如実に物語っている。しかしこの宙づり状態には、単一の民族・国家・イデオロギーに帰属するのが唯一の生き方であると考えることの虚構性を「乱反射」させる可能性もまた、兆しているのではないだろうか。いずれでもないという「種族不明」状態は、いずれでもあるという「カメレオン」（「カメレオンのうた」）状態へと積極的にとらえ返しうるのである。

金時鐘は、『地平線』から『日本風土記』、『日本風土記Ⅱ』までは、一貫して二部立てという構成にこだわってきた。その形式が壊されるのは、長篇詩集として上梓される『新潟』である。タイトルや形式だけを見ると『日本風土記Ⅱ』は『日本風土記』の延長線上にあり、『新潟』との間には大きな断絶があるようにも思える。しかし、自分が何者であるかを問い返すようにその来歴を刻んだ詩集であるという点では、『日本風土記Ⅱ』はむしろ、個人史的な色彩の強い『新潟』の前哨的な詩集であるというべきなのかもしれない。このことは、『日本風土記Ⅱ』と『新潟』がほぼ平行して書かれていたこと、そして「種族検定」が両詩集に配置されていることにも象徴的にあらわれていよう。

2 〈死〉から〈再生〉へ——四・三事件と生命の記憶

「わが性　わが命」は、太古にさかのぼって生命の重みをうたいあげ、四・三事件の犠牲者の鎮魂と再生を試みた壮大な詩だ。初出は『カリオン』第二号（一九五九年一一月）であり、『カリオン』誌上では、創刊号に掲載された「種族検定」の続編としてこの詩を読むこともできる。つまり、「種族検定」で引きずり出された四・三事件の記憶に導かれるように、「わが性　わが命」では事件のさらに具体的な生々しい記憶がよみがえるという流れになっているのだ。

「わが性　わが命」は、その深刻な内容とは裏腹に、「白亜紀の最後を／そんなりおし包んでいる／氷山はないか⁉」という「ぼく」の突拍子もない空想からはじまる。「断絶の間際に張りつめた／恐龍の脳波」を採って、「忽然と一切の種族を断った」潔い「恐龍」でさえも、絶命の間際には「求心性ボッ起神経は働いたかどうか」を調べるためである。一読するだけでは、性の躍動感や「ぼく」の空想の滑稽さに流され、軽く読み過ごしてしまいそうになる。しかし実はこれは、四・三事件の凄惨な情景を引き出し、さらには連綿と繰り返される生命の営みを想起させる効果的な冒頭として、巧みに構成されたものなのである。

「恐龍」の次には、「視界をよぎって／うねりにくねる／一頭の鯨」が登場する。「鯨」の脇腹に漁師の放った銛が突き刺さる場面である。そして、「くるりとゴム質のまっ白い腹を見せて」もだえる「鯨」と入れ替わるように、場面は四・三事件当時の生々しい現場へと移行する。「義兄の金」と呼ばれる二六歳の男性がロープで首を吊るされ、今まさに息絶えたところである。そのように張り詰めた空気のなかで、死者となった「義兄の金」の身体は、突如「性ボッ起」してしまうのである。

「義兄の金」は「世界につながるぼくの恋人」と呼ばれ、「ぼく」の想像は「ガス室」で「初潮」を迎えた少女「アンネ」へと及ぶ。ホロコーストの強制収容所では、ガス室に送りこまれた少女たちが、次々と初潮を迎える現象が見られたそうだ。それは死に直面したまさにその瞬間、自分の分身を生きながらえさせようとする生物としての本能が、一気に凝縮されるためなのだろうか。ここでは、「義兄の金」と「アンネ」の〈生〉と〈性〉、四・三事件とホロコーストの記憶が分かちがたく錯綜しているのである。

処刑の場面にそぐわない間の抜けた「性ボッ起」が気に障った「特警隊長」は、その「目ざわり」な「陰茎」を「軍政府特別許可の日本刀」(この表現は日本の植民地統治からの連続性を端的に示している)で削ぎ落としてしまう。それは、人間を拷問にかけるという状況下で肥大した、猟奇的な欲望によるものと考えてよいだろう。ところが「ぼく」は、それを「特警隊長」の「おびえ」として解釈しているのである。そしてこのことは、「わが性　わが命」の読解において、決定的に重要な意味を持っているのではないか。

「義兄の金」の「陰茎」が「目ざわり」だという「特警隊長」に対し、「ぼく」は「吊った男よ／吊られた男の／性ボッ起の／何が／目ざわりだったのか⁉」と問いかけながら、「通常／生きることとの生命とは／また別の／生き抜く生命に／おびえてた／お前の／お前は／そこにいなかったか⁉」と問いただしている。「特警隊長」を苛立たせ、おびえさせたのは、もはやこの世での生を断念した「義兄の金」の、遺された者に記憶を繋ぐ意志としての「性ボッ起」である。たとえここで「義兄の金」が死んだとしても、その怒りとかなしみの記憶を受け継いだ者が、再び「特警隊長」の前に現れるだろう。記憶がある限り、生命は形を変えて何度でも再生するのだ。その生命の記憶と連続性を断ち切る象徴的行為として、「特警隊長」は「義兄の金」の「陰茎」を削ぎ落としたのである。

四・三事件当時、「暴動事件を鎮圧するためには、済州島民三〇万を犠牲にしてもかまわない」、「漢拏山一帯にガソリンを撒いて空から焼夷弾を落として放火すれば、済州島のアカを皆殺しにすることができる」と豪語した者もいたという。これに対して「ぼく」の問いかけは、次々と出現する敵の幻影を恐れる余り、それを根絶やしにすることで束の間の安心を得ようとする彼らが、いかに臆病で卑小な存在にすぎないかを暴き出していよう。いや、もしかするとこの「おびえ」こそが、彼らでさえもやはり人間のひとりに他ならないことを逆説的に証しているのかもしれない。

一九四八年四月三日、祖国が分断されようとする状況に抵抗し、済州島で民衆による武装蜂起が起こった。しかし、アメリカ軍政下での軍・警察・右翼団体による数年にわたる弾圧の過程で、「ひとりの赤色容疑者のために村をまるごと焼きつくす」(金時鐘)ほどのすさまじい暴力に覆われた島は、長い間、沈黙と忘却の淵に沈みこむことになる。だが、事件の存在を丸ごと闇に葬ろうという彼らの目論見は、本当に果たされたと言えるのだろうか。

金時鐘は、記憶を抹殺する暴力に抗うように、〈死〉から〈再生〉への経路を「わが性わが命」に描き込んでいる。このあと、「義兄の金」と連動するように、捕獲された「鯨」の「陰茎」が切り落とされるのだが、詩は次のように結ばれる。

〝油にもならねえ！〟
大音響とともに
氷山が揺れ動く極地で
熱い血を通よわせた
生の使者が
今
蝟集する
数百億の
プランクトンの
景観のまっただ中に
帰る。

「丈余の一物」として切り落とされた「鯨」の「陰茎」が、「熱い血を通よわせた／生の使者」と呼び換えられ、「数百億の／プランクトン」が漂う深海に、轟音とともに沈んでいく光景は鮮烈だ。ひとつひとつは小さくて目に見えない「プランクトン」が、「ぼく」の想像のなかで、「数百億」の「景観」となって浮上するのである。このとき海は、無数の表情を持った〈生〉の集合体として読者の前に立ち現われる。ただひとつの卵子を目指して泳ぎきる数億の精子の姿をもオーバーラップさせるこの光景は、読者の生命体としての根源的記憶を揺さぶり、無限の可能性を経て生み落とされる命が、いかにかけがえのない存在であるかを痛感させよう。

一九九九年一二月一六日、「済州島四・三事件真相究明及び犠牲者名誉回復に関する特別法」が通過し、二〇〇〇年一月一二日に公布された。これにより、長らくタブーとされていた四・三事件がようやく明るみに出され、韓国の歴史が大きく塗り替えられることになる。四・三事件は、大韓民国という国家の成立の正当性をおびやかしかねない出来事であるからだ。それに先だつ一九九八年一〇月、金時鐘は五〇年ぶりに済州島を訪れ、父母の墓参りを果たしている。それをつづったのが、次のエッセイである。

明くる日、四・三事件の記録を探査している映像作家、金東満氏に連れられてもうすっかり原野に帰っている四・三事件名残りの丘陵地帯を廻った。難をのがれた農民たちの白骨が、ここかしこの洞窟には息絶えたままの形でくすんでいたという。焼き払われた村も痕跡一つとどめぬほど、やえむぐらにおおわれて芒が揺れていた。

無謀だった歳月が、たしかにこの地にはあった。無謀さの一端に加わった私も、民衆蜂起という正当な四・三事件のために口を噤んできた。禍を鎮めるという防邪塔《パンサ》は、火山岩を吊り鐘状に積み上げた鎮魂の塔だった。記憶せよ、和合せよ。火山岩のかけらを一つ積み石のすき間に詰めながら、空耳でない声を風の中で聞いた。

(金時鐘「むぐらの奥、土盛の墓――50年ぶりの父母との再会」『産経新聞』夕刊/一九九八年一一月二八日付)

「記憶せよ、和合せよ。」――。金時鐘が済州島で直感的に聞いたのが、この声だった。怒り、憎しみ、かなしみを「記憶」すること、敵/味方に幾層にも引き裂かれた者たちが「和合」すること。この相対立する行為が並置されることによってしか、本当の問題の解決は図られないのではないか。そして、詩の力で「記憶せよ、和合せよ。」を体現したのが、「わが性　わが命」だったのではないか。

陸の巨大生物である「恐龍」は、一億数千万年にわたって地球を支配し、繁栄の時代を築いた。だが、その巨大さゆえに急激な環境の変化に適応できず、「恐龍」は「忽然と一切の種族を断」ってしまった。これに対し、海の巨大生物である「鯨」は、「四肢も/表情も/二千万年の生存に代えた/この生の権化」として、現在に至るまで種を継ないでいる。生物は、他の生命を奪わなければ生きていけないという、かなしい宿命を背負っている。しかしその宿命はまた、自己の生を他に与えるという、命の循環によって支えられてもいよう。「鯨」は陸上での生活を諦め、「四肢も／表情」もそれに合わせて変化させることで生きのびてきた。これに対して、「恐龍」が滅びてしまったのは、この生命のさだめを受け継ごうとしなかったからではなかったか。「恐龍」が自己の繁栄のみを追求した傲慢な姿であるとするならば、「鯨」は生きながらえることと引き換えにさまざまなものを断念した者の、醜いしかしそれゆえに尊い姿であるのだ。

翻って、欲望を異常に肥大させ、科学の力で全ての生命を支配できるという傲慢に駆られた人類は、「恐龍」と同じ運命を辿りつつあるのではないか。『日本風土記Ⅱ』には、核をテーマにした「木綿と砂」・「哄笑」が置かれている。「わが性　わが命」は、人類が人類を根絶やしにしうる最終兵器、あるいはその「平和利用」を争って開発し、地球的規模であらゆる生命の存続の危機を招来しつつあった同時代への、痛烈な批判としても響いていよう。

海は、地球上に生命が誕生して以来、連綿と繰り返される〈生〉と〈死〉を記憶してきた。金時鐘は、「鯨」の〈死〉をその営みに「帰る」と表現しつつ、四・三事件の死者の鎮魂と〈再生〉を試みたのではないだろうか。そのうえで、死者の怒りやかなしみを「わが性　わが命」と名付けるこの詩は、その痛みを自分自身の痛みとして引き受けようとする詩人の気魄を感じさせる、優れた一篇である。こうして痛みの記憶をしっかりと刻みつけた詩の言葉は、それ自体が怒りとかなしみの表現でありながら、「こういうことが二度とあってはなりません」（金時鐘）という「和合」の表現としても起ち上がっていくだろう。「わが性　わが命」が抱える生命《いのち》の記憶は、人間の〈生〉が蹂躙される極限状況とその不条理を、静かに問いただしているのである。

3　空想と変革――資本主義社会への反逆

『日本風土記Ⅱ』には、猪飼野を舞台に様々な在日朝鮮人の生活をうたった、後の『猪飼野詩集』（一九七八年）へとつながるような詩篇も数多く収録されている。満員電車を舞台に在日朝鮮人の心情を刻銘に描いた「海の飢餓」、底辺労働の現場から社会の不条理を問うた「労働昇天」、くず拾いで生計を立てる親子のユーモラスな物語「しゃりっこ」、帰国者大会に向かう一世の人生を浮き彫りにした「道（洪じいさん）」など……。『日本風土記Ⅱ』というタイトルを、底辺から支えている人たちである。そこには、〈在日〉という場に息づく人々が、非常に豊かな表情で描かれているのだ。

「しゃりっこ」は、くず拾いで生計を立てる親子四人の物語である。「しゃりっこ」を発表する以前から、金時鐘は一時アパッチに参加していたことがあるそうだ。アパッチとは、元大阪陸軍砲兵廠跡に眠っている鉄塊を闇にまぎれて掘り起こし、生活の糧にしていた集団の俗称である。「しゃりっこ」には、金時鐘がそうした生活のなかで実際に使っていたであろう隠語が、いくつも散りばめられている。

むかしはあかを喰った。
今は白を喰っている。
喰って
生きる。
生きる。
しゃりっこじゃ
間に合わねえから
硬貨を喰う。
喰う。
喰うんだ。

冒頭から隠語が頻出し、そのうえその隠語は両義性を帯びている。まず、「あか」は銅、「白」

はアルミ、「喰う」は金属を拾う（盗む）ことである。同時に「あか」は共産主義、「白」はそれに対する反共主義のことでもある。さらに、「喰う」は文字通り「喰う」こととも重なっており、詩の後半に至ると「便秘」や排泄物にまでイメージが広がっていく。金時鐘は「しゃりっこ」をよく群読し、評判がよかったと振り返っているが、当時の読者は、身近な生活感覚のなかで「あか」「白」「喰う」に鋭敏に反応し、この詩を受容することができたのだろう。

「一日の稼ぎは／三枚。／（中略）／わざわざ変えた／三百個。」という一節から、くずを売って得る親子の収入は、一日あたり三〇〇円程度であったことがわかる。これは、当時の学生アルバイトの日当と同等かそれ以下であり、親子四人が暮らしていくには極めて乏しいものであったと推察される。それでも親子は、三枚の百円玉をわざわざ三〇〇個の一円玉に交換することで、なんとかその価値を上げようと試みるのである。貨幣価値としては、三枚の百円玉も三〇〇枚の一円玉も全く同じである。だが、貧しい暮らしのなかでは、「三百個」の一円玉の方が、「三枚」の百円玉よりもはるかに魅力的であったのだ。こうして親子は、山盛りに盛られた硬貨を前に、しばしお金持ちになったような空想に浸ることができたのだろう。

さらに驚くべきなのは、分量の増えた硬貨が、実際にその効用を得ているということである。親子は、「保ちのいいのは／ゼニっこです。」、「しゃりっこじゃ／間に合わねえから／硬貨を喰う。／喰う。／喰うんだ。」と言ってのける。乏しい収入で米を買っていたのではとても腹がもたないからと、親子は白濁したアルミ玉を白米に見立て、それを喰って生きているのだ。そして、「しゃり」、すなわち白米の隠語から造語された「しゃりっこ」は、独特のリズムのなかで、硬貨が腹のなかで擦れ合う音へと変換されていく。ここでは、いくつかの隠語が軽妙なリズムによって揺れ動き、その意味が徐々にずらされていくのである。もちろん、現実には硬貨を喰って生きることなどできない。しかし、大量の硬貨を「喰う」という空想は、飢えることのつらさ、そして自分たちを飢えさせるものの正体を、したたかに笑いとばしていよう。その内容は切実な悲哀に満ちているが、「しゃりっこ」の家族が描く豊かな空想と軽妙なリズムは、ほのぼのと明るい光すら放っているのだ。

しかし、くず拾いにまつわる朝鮮戦争期の光景が想起された瞬間、「しゃりっこ」は一転して、社会の暗部を抱えた重々しいリズムとしても響きはじめる。金時鐘は、朝鮮戦争にまつわるエピソードを、次のように振り返っている。

一番やりきれなかったのは、胸まで運河につかっている同胞像。この運河とは、在日朝鮮人がもっとも密集して住んでいる大阪の、生野区を流れる――といっても実質的には澱んだなりなんだが、通称どぶ川と呼ばれている「平野運河」のことだけど、この周辺は零細な鉄工所が戦前軒をつらねていたところなので、製品の削りくずなどがわりと沈んでいたわけ。その鉄くずをどぶさらいしてまでカネへん景気で拾ってくる。日本の企業はそれを鉄にし、そいつをまたネジにしてくる。

〔鼎談〕金時鐘・野間宏・安岡章太郎「差別の醜さと解放への道（上）」『朝日ジャーナル』／一九七七年四月一五日）

※引用は、野間宏・安岡章太郎編『差別・その根源を問う〈下〉』（一九八四年四月／朝日新聞社）に拠る。

社会の底辺に追いやられた在日朝鮮人が日銭を稼ぐためにくず鉄を集め、それを日本の企業が鉄にし、その鉄を別の在日朝鮮人がネジにし、それが爆弾の一部として組み立てられ、その爆弾が朝鮮人を殺傷する――。「しゃりっこ」が発表されたのは、朝鮮戦争が休戦を迎えてから五年後の一九五八年一〇月であり、「しゃりっこ」のくず拾いが朝鮮戦争と直結するというわけではない。しかし、「しゃりっこ」のくず拾いもまた、日本の経済システムに巧妙に取り込まれる形で、アメリカを中心により一層拡大する反共軍事同盟に加担してしまっているのではないか。「むかしはあかを喰った。／今は白を喰っている。」という冒頭の一節には、政治に対する日本人の関心が薄れ、経済中心主義へと大きく舵を切っていこうとする時代の変化が端的に示されている。「しゃりっこ」は、「平和共存」時代の日本の高度経済成長を、そこからはじき出された在日朝鮮人の側から強烈に照らし出しているのだ。

終盤からは、「息子」と「娘」が家を飛び出し、夫婦ふたりが残された四〇年後の物語が展開される。ここでは、「喰う」の連想から排泄へとイメージが広がり、さらに排泄物から「黄金」にまでイメージが広がっている。年老いた夫婦は、白米に見立てて硬貨を「喰う」生活の末に、それがお腹のなかで「こってり／ねられ」、いつか「黄金」として排出されることを夢みているのだ。

一九五八年七月八日付の『国際新聞』には、アパッチ部落を取材した、次のような記事が掲載されている。

ときには金や銀も掘り出されるという〝伝説〟に夢を持つこともあるが、彼らの一貫して変らぬ信念は「決してわれわれは悪事を働いているのではない」ということだ。「もちろん法に触れる行為かもしれぬが、このままほっておけばぼう大な国家の資源が人目のつかぬ地下でくさり果ててしまうだけではないか。われわれが掘り出してこそ多くの鋼材は日の目を見、再生され、鉄鋼としてどこかで立派に役立っている」という。むしろ誇りに似たものさえ持っている。

（「アパッチ部落に潜入」）

アパッチが言うには、国家の財産を「盗む」という不法行為は、埋もれていた財産を掘り起こして再生してやることで、むしろ国家の役に立っているのだという。ここで展開されるアパッチの奇妙な論理には、国家に対する倒錯した反逆が潜んでいよう。

資本主義社会では、個人が財産を所有し、貨幣と商品（あるいは労働力）が絶えず自由に交換されることで成り立っている。そのような社会のシステムからはじき出されてしまった親子は、捨てられたものを拾って来ることで、日々の生活をつなぎとめている。親子はくずを交換し、わずかな貨幣を手に入れる。ところが、親子は貨幣を商品との交換には使わず、直接腹のなかに入れてしまうのである。場外から乱入して貨幣をかすめ取り、そのうえ貨幣を返還しようとしない親子は異邦人である。それは、資本主義経済の存立基盤である、見せかけの循環論法を停滞させる危険な存在だ。だが、経済システムの末端にはじき出されたこの親子こそが、むしろ資本主義経済の強欲な本質を極度に肥大させた異形の者として、その不条理を暴き出しているとはいえないだろうか。「しゃりっこ／しゃりっこ」という硬貨が腹のなかで擦れ合う音は、社会の深淵で、切実なリアリティーを持って不気味に響いていよう。

年老いた夫婦は、貨幣を喰いつづけた末に、それがいつか「黄金」として排出されることを夢みている。黄金は直接交換に関わることはないが、一方で黄金は不変の富として、いつでも貨幣に交換することができる。「硬貨」を喰って「黄金」を産み出す錬金術は、「しゃりっこ」の夫婦が秘かにしかけうる、資本主義社会への復讐であったのだ。

夫婦は、おなかの中に「まだ誰にも／掘られた」ことのない金鉱を秘めているのだという自負を持っている。夫婦の空想は、あらゆるものを根こそぎ奪われ通した者が保持しうる、唯一の財産であったのではないだろうか。収入は限りなくゼロに近い夫婦が思い描く夢は、途方もなく大きい。その豊かな空想は、誰にも荒らされることのない領域として、夫婦のなかに厳然と存在しているのだ。実際には「四十年」もの間「便秘」を抱え、またしても一日が徒労に終わっていく。だが、「しゃりっこ」の夫婦は、いつかきっと、腸の蠕動運動という生物学的な力によって、その停滞した時間を解放していくはずである。

4　ふたつの「道」――帰国事業への違和

「道（洪じいさん）」は、一九五九年六月二三日付の『読売新聞（大阪版）』に発表された詩である。同年一二月から開始される共和国への帰国事業を背景に組まれた特集、「帰国を待つ朝鮮の若人」の一環として掲載されたものだ。この詩には、おそらく編集部が書き記したと思われる、次のような無記名の評が併載されている。

洪じいさんは三十年前御堂筋の工事に土工として働いた。ある日足の指三本を切断する大ケガをした。その指はアスファルトの下に埋められている。いまその上をバスが走っている。じいさんの胸にぐっと熱いものがこみあげてきた。そしてこの道は帰国者大会から北朝鮮までつづいている。

長年住みなれた日本をさる老人のかんがいを歌った詩だ。

ここでの評は、共和国への帰国を推進する物語が喧伝されていた当時の雰囲気のなかで書かれたことを踏まえれば、自然な解釈であるといえるだろう。「道（洪じいさん）」が掲載されている同じ紙面には、「〝日朝友好〟のきずなに」、「黒板をみつめるまな差しはもう北朝鮮までとんでいる」、「『第二の故郷です』厳しい差別の中に忘れられない〝善意〟」といった見出しが並んでいる。この時代、当事者である在日朝鮮人のみならず、多くの日本人が左右を問わず帰国事業を支持し、日本政府もそれを後押ししていたのだ。

だが、そのような文脈でこの詩を読み過ごすことは、金時鐘の意図をとりこぼすことになりはしないだろうか。この詩は、「長年住みなれた日本をさる老人のかんがいを歌った詩」などではないし、この「道」が「帰国者大会から北朝鮮までつづいている」わけでもない。注目すべきは、詩のなかに周到に描きこまれたふたつの対照的な「道」なのだ。

「洪じいさん」が従事した「御堂筋」の工事とは、大阪初の地下鉄となる、一九三〇年着工の地下鉄御堂筋線の工事であると推定される。工事の過程では、数々の事故に見舞われた。工事の区域は地盤の悪い大阪でも特に軟弱で、また当時の土木技術が未熟だったためである。植民地統治下の朝鮮半島から流れて来たであろう「洪じいさん」もまた、この工事で「足」の「親指と／中指と／小指」を「もがれ」、うまく歩けない体になってしまった者のひとりである。大阪市の中枢を南北に縦断する地上と地下の道である御堂筋は、物と人とを大量に輸送し、近代都市を形成する大動脈として、大阪さらには日本の経済活動を支えてきた。しかし、その華々しい「道」の下に「洪じいさん」の足の指が埋まっているということに、どれほどの人が関心を払うだろうか。ここでは、「初夏」の明るい陽射しに隈どられた地上の「道」と、工夫のおびただしい悲嘆が埋められた仄暗い地下の「道」との対比が鮮やかである。

さらにこの詩には、もうひとつの重要な対比が描かれている。「帰国者大会」を目指して「山出しの猪さながら」走り去る「貸切バス」と、遅々とした歩みの「洪じいさん」である。「帰国者大会」に参加するため、「洪じいさん」は三〇年ぶりに大阪を訪れた。だが、足が不自由な「洪じいさん」は、家からバスの出る「奈良県本部」までの道のりを「六度も休まにゃならなかった」という。その歩みとは対照的に、「帰国者大会」に向かう「貸切バス」は、アスファルトの上を「一目散」に走り去るのである。「洪じいさん」がそうであるように、人間の歩みにはその人が生きて来た歴史の重みが刻まれているものだろう。何の迷いもなく「一目散」に突っ走る「貸切バス」は果たして、それぞれの人生の歩みのリズムを壊さずに目的地に辿り着くことができるのだろうか。

金時鐘は『新潟』において、近代以降に海を渡って日本にやって来た朝鮮人を、樽に「押しこまれた／もやし」に喩えた。これに対し、もうすぐ共和国に帰国するであろう「洪じいさん」には、人称と個別の物語が与えられている。在日朝鮮人の「帰国」とは、日本との歴史的な関わりのなかで奪われた人間性を回復させる道のりであるべきである。おそらく植民地時代に荷物のように運ばれてきたであろう「洪じいさん」の帰国は、再び荷物のように運び出されるものであってはならないのだ。

「道（洪じいさん）」は、あたかも帰国事業を推進する物語を補塡する作品であるかのように読める。だが、実はそこには、帰国事業に対する意識の微妙なずれが、周到に描きこまれているのである。一九五九年六月という極めてはやい時期に、帰国事業がとりこぼしていった個人の思いや人生に強い光を当てた詩として、「道（洪じいさん）」はしっかりと記憶されるべきであろう。

5　在日朝鮮人と日本社会――祖国へつづく海

「道（洪じいさん）」には、一大事業として遂行される帰国運動に対する金時鐘の違和が秘められていた。そこには、「道」は上から与えられるものではなく、人々の叡智の結実によって開かれるものなのだという金時鐘の信念がうかがえよう。「海の飢餓」は、金時鐘が思い描くそのような〈道〉を切り開く詩としても読むことができる。

「海の飢餓」の舞台である満員電車は、立場も考えていることもばらばらの他人同士が、一定の時間、同じ場に詰め込まれるという劇的な空間である。その息苦しい空間を舞台に、日本社会でマイノリティーとして生きる在日朝鮮人の心情を描いたのが「海の飢餓」である。この詩では、ヤミ米を背負った在日一世の女性「あなた」と、「同族どうし」である「ぼく」との「出会い」とすれ違いのドラマが展開していく。ホームに着くたびに乗客が押し出されたり車内に押し入れられたりする満員電車は、「大都会の／消化器官」に喩えられている。ここで、日本人と見分けのつかない「ぼく」は「吸いこまれる側」として、朝鮮人の位相が刻まれた「あなた」は「吐きだされる側」として、「ぼく」と「あなた」は「対置」されてしまう。「石臼ほどの骨盤」を持ったどっしりした体格で大きな荷物を持っていることも、「あなた」が「吐き出される側」になってしまう要因なのかもしれない。だがここでは、「ぼく」

が見た目にはほとんど日本人と変わらないのに対し、一世と思われる「あなた」は典型的な朝鮮人として描かれていることが重要である。ここには、日本人の朝鮮人に対する生理的な排除、そして同じ朝鮮人でありながらも手放しにはつながり合えない朝鮮人同士の断絶が示されているのだ。

「あなた」は人の波に押し出されながらも、その度ごとに果敢に車内に戻ってみせる。だがこのあと、ついに「むきだしのままの臓物が／音をたてて／嘔吐をはじめ」る。「あなた」の必死の抵抗にもかかわらず、「あなた」は電車の外に異物として吐き出され、大切な荷物を車内に残したまま、ホームに取り残されてしまうのである。このとき、全くの他人同士が乗り合わせていたはずの満員電車の乗客は、無気味で巨大な塊へと変貌し、「ぼく」と「あなた」の前に立ちはだかる。個別の状況では必ずしも不幸な出会いばかりではないはずの朝鮮人と日本人が、個人の意思を超えて働く群集心理のなかで、極めて暴力的な力関係のもとに置き換えられてしまうのである。

「散乱した白米」、「投げだされたゴム長」は、「あなた」の生活がかかった商売に関する品であると推察される。この荷物は「あなた」にとっての異国、日本暮らしの暗喩でもあろう。そこには、かつての宗主国で安定基盤を持たずに生き抜いてきた、「あなた」の意地と誇りがぎっしり詰まっているのだ。その大切な荷物を残し、車外に「吐きだされ」てしまった「あなた」は、無情にも閉まった扉にすがって「〝かえせーかえせー〟」と大声で叫びつづける。その叫びは、植民地期から解放後に至るまで、あらゆるものを奪われ尽くした者の突き上げるような叫びとしても響いていよう。「あなた」は身体的に刻まれた民族性ゆえに日本人から露骨な排除を受けるが、「ぼく」は黙っている限り日本人のなかに紛れこむことができる。それはともすれば、「加害者に与した無力な目撃者」になってしまう危険すら伴う。そのために、「同族」であるはずの「あなたとの出会い」は、「ぼく」にとって「苦痛にゆがむ」ものになるのだ。

車内に散乱する「白米」や「ゴム長」に対し、「ぼく」は「さあ、これがぼくの臓物だ。」と乗客に向かって呼びかけてみる。しかし、その「あなた」と「ぼく」の「同族どうし」としての絆は、押し合う乗客によって「ぐたぐたに踏みつけられ」るほかないのである。そして「あなた」が車外に吐き出されたあと、「ぼく」はこの満員電車のなかで自分ひとりが朝鮮人であるという絶望的な恐怖に耐え、「ぼくは誰に、何を、なんと叫べばいいのか?!」と胸の内で叫ぶ。この詩には、日本社会で生きる在日朝鮮人の心情が、あらゆる位相で描きこまれていよう。その苦しさが極限まで達したところで、場面は突然展開し、パノラマのように視界が開かれるのである。

俊足のディゼル・カーをもってしても
電車が海をつっきったというニュースを
ぼくはまだ聞かない。
ただ　どろんこの飢餓がゆめみる
茫洋たる発芽が
車窓をよぎってぐんぐんひろがってゆくのだ。
これはまさしく
海だ。

これは、窓外に海が広がる解放的な情景であるとともに、それが祖国へとつながる海にほかならないという「ぼく」の確信でもある。「俊足のディゼル・カー」の威力をもってしても、いまだ海に道を通すことはできていない。ただ、極点に達した「どろんこの飢餓」だけが、あの場所へ行きつきたいという強い想像力をもって、「海」そのものを〈道〉としてぐんぐん広げていくことができるのだ。

『日本風土記Ⅱ』には、非常に厳しい暮らしのなかで、在日の人々が思い描くさまざまな夢や願いが描かれている。たとえ今が苦しくても、いつかきっと、という思いがある限り、それを支えにして人間は生きていける。そんな金時鐘の意志と、人間の生きる力への信頼が、これらの詩篇からはひしひしと伝わってくるのだ。どんなに苦しい日々であろうと、そこに生活があるならば、それがその人にとってのかけがえのない生きる場である。いま、ここを生きる人々の豊かな表情をとらえること、それが〈在日〉を自らの足場として表明した詩人・金時鐘の使命だったのではないだろうか。

おわりに

金時鐘は、日本による植民地支配、四・三事件、そして祖国の分断と朝鮮戦争という歴史的な出来事によって、朝鮮人としての自己を幾重にも引き裂かれてきた。金時鐘の詩は、この根源的な痛みを相対化し、朝鮮人としての人間性を回復させる道のりのなかで鍛え上げられてきたものだ。金時鐘の詩は、日常の何気ない光景をとらえたものが大半を占める。しかし、詩人のまなざしのなかでその日常は、命あるものの情念がうごめく、強靭な思想詩へと変貌を遂げるのだ。そこには常に、詩人・金時鐘による、時代との決死の闘争があった。

そして現代。ＩＴ、人工知能、バイオテクノロジーといった時代の先端を突き進む科学技術が、爆発的な発展を遂げている。それらは、極めて短期間のうちに、私たちの生活を一変させた。そして今後も、私たち人間の在り方を、根底から覆していくだろう。圧倒する光のもとで、闇は感知できないほど深い。強者の論理からこぼれ落ちた者の痛みはそこら中でできしんでいるのに、その叫びは声とはならない。

あらゆるものが情報化され、平板に均らされた空間のなかで、私たちはそれでも人間らしく、表情豊かに生きたいと思う。時代を生き抜く思想の萌芽は、やはりそれぞれの〈生〉のあがきのなかにこそ秘められているのだろう。金時鐘の詩には、太古から未来へと連なる壮大な生命観が一貫して流れている。だからこそ、金時鐘の詩想は混迷を深めるこの現代社会において、より一層鋭く迫ってくるのだ。このコレクションを通して金時鐘の詩が多くの人々に読みつがれ、読者の生命のリズムと共振して新たな言葉が生み出されることを願う。

（あさみ・ようこ）

〈解題〉日本風土記

浅見洋子

『日本風土記』は、一九五七年一一月に刊行された金時鐘の第二詩集である。B6判で一三七ページ、定価二五〇円、巻末には限定四〇〇部と記されている。一九五七年一一月三〇日付で発行されており、発行所は国文社（東京都豊島区日出町三―一〇）、発行者は国文社の社主・前島幸視、印刷所は槀火書房印刷部である。カバー装幀は吉仲太造。黒と朱を基調とした前衛的な装幀となっている。国文社は当時、詩集の有力な出版社であった。『日本風土記』の巻末には、内外の詩集・訳詩集の刊行リストが掲載されており、新刊の項目には「金時鐘詩集『日本風土記』B6上製　250円」と記されている。

巻頭詩「南京虫」の下には、金時鐘の写真（内海正撮影）と略歴（在日朝鮮文学会々員。新日本文学会々員。著書 詩集「地平線」）が掲載されている。詩集版の「南京虫」は活字で組まれているが、『集成詩集 原野の詩 1955〜1988』（一九九一年一一月／立風書房）に再録される際には金時鐘による手書きで掲載されている。金時鐘によれば、詩集刊行の際に手書きの「南京虫」を載せる予定が、出版社の手違いで活字になってしまったとのことである。

巻頭詩「南京虫」、第一部「犬のある風景」（一五篇）、第二部「無風地帯」（一六篇）から成るこの詩集には、全三二篇が収録されている。第一詩集『地平線』（一九五五年）からは、「浦戸丸浮揚」・「たしかにそういう目がある」・「処分法」の三篇が再録されている。『原野の詩』（前掲）では、『日本風土記』との重複を避けるため、『地平線』からこの三篇が割愛されている。

収録されている詩の大半は、金時鐘の生活圏内での日常の光景がモチーフになっている。野口豊子編「金時鐘年譜」（『原野の詩』所収）より、『日本風土記』が刊行されるまでの金時鐘の居住地を抜粋する。

51年　日本政府によって強制的に閉鎖されていた中西朝鮮小学校開校の活動につくため、大阪府中河内郡巽町矢柄6に移転す。在日《マ》朝鮮人連盟《マ》（朝連）系の復校を図ろうと、生野区のはずれにある中西朝鮮小学校の廃屋に寝泊まりしていた。

53年4月　中西朝鮮小学校から転任し、民戦（在日本《マ》朝鮮統一民主主《マ》義統一戦線）の職業常任となる。大阪朝鮮文化総会の発足に伴い、職業常任として初代書記長に就任。大阪

市東淀川区東之町1（旧朝鮮師範学校寮）に移転。
54年2月　生野区猪飼野町中6丁目16にあった生野厚生診療所に心筋障害で入院（'56年夏の終りごろまでの約2年半）。
56年11月18日　「ヂンダレ」の会員であった姜順喜と結婚。ケーキとコーヒーという簡素な式であったが、鄭仁を中心とした仲間の暖かい祝福に囲まれる。新婚旅行は赤目四十八瀧。なにぶんとも交通費が安かった由。新居は東大阪市永和にあった塗装工場2階に定めたが、入院中にたびたび病院をぬけでてボロボロ壁の修繕にでかけた。
57年2月　生野区舎利寺に移転。（筆者注：この記載は第一版にはなく、一九九四年四月刊行の第三版より引用した。）

『日本風土記』は、雑誌や新聞に掲載された版、詩集版、『原野の詩』版がある。雑誌や新聞に掲載された版については未見のものが多いが、判明している範囲で、本文の異同について簡単に記す。
①誤字・脱字・仮名遣いの訂正、表記の変更など、形式的な異同。雑誌や新聞に掲載された版では、基本的に促拗音は大きいが、詩集に収録される際に小さい表記に訂正されている。
②雑誌や新聞に掲載された版では、詩の末尾に日付がつけられていることがしばしばあるが、

詩集に収録される際には割愛されている。詩に付された日付は以下の通りである。「政策発表会」（一九五六年四月四日）、「インディアン狩り」（一九五六年六月十六日）、「たしかにそういう目がある」（一九五四年九月十六日）、「ぼくがぼくであるとき」（一九五六年六月十二日）、「処分法」（一九五四年六月六日）、「白い手」（一九五六年八月十日）。
③大幅な書き換えは一箇所のみ。「謝肉祭」は、『国際新聞』に掲載された際には「首を絞めるのに／理由があるか⁈／／古いものは／そうざらえて／スープに叩きこめ。」であったが、詩集に収録される際に「首を絞めるのに／理由があるか？／／牧場に屠殺所があったとて／それは　牛飼いの／オートメーションというもの。／商売はなるべく／手広いほど都合がいいんだ。／／古いものは／そうざらえで／スープに叩きこもう。」と加筆されている。
④その他、全体にわたって細かな異同が見られる。
金時鐘を中心に活動していたサークル誌『ヂンダレ』第一九号（一九五七年一月）には、巻末に『日本風土記』の広告が掲載されており、『地平線』に次ぐ瞠目の詩集！／希望者には著者署名をします。」などと記されている。この広告には、「著者エッセー集より」と称して金時鐘のエッセイ「私の作品の場と『流民の記憶』」（『ヂンダレ』第一六号／一九五六年八月）の一部も掲載されており、同時期にエッセイ集が企画されていたことがうかがえる。このとき、李芳一というガリ切りの上手な知り合いがいてガリ版でのエッセイ集の出版計画があっ

たが、朝鮮総連から政治的批判を受けていたことによって頓挫したようである（インタビュー「金時鐘さんに聞く――新詩集のありか」『びーぐる』第四号／二〇〇九年七月参照）。

同『ヂンダレ』第一九号の「編集後記」には、「ヂンダレに今一つ嬉しいことがある。十一月に金時鐘の第二詩集『日本風土記』が国文社から出版される。私達はこの詩集のもたらす影響と成果に多くを期待している。そして、この詩集とアンソロジーにより、ヂンダレの新しい位置が明確になるだろう」（梁石日）と記されている。また、『ヂンダレ』第二〇号（一九五八年一〇月）には、二月に大阪郵政会館で『日本風土記』出版記念会を開いたという記事、四月には『日本風土記』特集の企画を立てて草津信男・乾武俊・石井習などから原稿が寄せられたにも関わらず企画倒れに終わったとの記事が見られる。

『日本風土記』の同時代評として、「人間愛に光る　金時鐘詩集『日本風土記』」（『国際新聞』／一九五八年二月一三日）、板東寿子「金時鐘第二詩集『日本風土記』」（『あした』第一〇号／一九五八年）、草津信男「夜を希うもの――『ヂンダレ』における詩論の発展と金時鐘の詩について――」（『ヂンダレ』第二〇号／一九五八年一〇月）などがある。

【掲載書誌一覧】　※未確認の作品には▲を付した。

▲南京虫

1．犬のある風景

政策発表会（『ヂンダレ』第一五号／一九五六年五月）

木靴（『国際新聞』／一九五六年一二月二三日付）

↓（『現代詩』／一九五七年一月）

▲除草

インディアン狩り（『ヂンダレ』第一六号／一九五六年八月）

▲長屋の掟

▲淀川べり

▲家出

夜の街で（1）（2）（『熱帯魚』第九号／一九五七年一〇月、「関西新鋭詩人特集」に掲載）

浦戸丸浮揚（『国際新聞』／一九五五年八月一三日付）

↓（『地平線』／一九五五年一二月／ヂンダレ発行所）

盲管銃創（『ヂンダレ』第一五号／一九五六年五月）

的を掘る（『現代詩』／一九五七年六月）

↓（『詩学』／一九五八年二月）

▲かもの群れ

たしかにそういう目がある（『ヂンダレ』第九号／一九五四年一〇月、特集「久保山氏の死を悼む――ふたたび悲劇をくりかえすな――」に掲載）

↓（『地平線』／一九五五年一二月／ヂンダレ発行所）

↓（『前夜祭』第六号／一九七〇年五月）

▲発情期

謝肉祭（『国際新聞』／一九五六年八月七日付）

2．無風地帯

ぼくがぼくであるとき（『樹木と果実』／一九五六年八月）

裏庭（『国際新聞』／一九五六年七月二六日付）

鍵を持つ手（『国際新聞』／一九五七年八月七日付）

▲日曜日

▲日本の臭い

道路がせまい（『国際新聞』／一九五六年一一月二四日付）

若いあなたを私は信じた（『国際新聞』／一九五七年七月一〇日付）

▲ニュールック

▲無風地帯

▲表彰
▲運河
▲一万年
処分法（『ヂンダレ』第八号／一九五四年六月、「水爆特集」に掲載）
→（『ヂンダレ』第九号／一九五四年一〇月、特集「久保山氏の死を悼む――ふたたび悲劇をくりかえすな――」に掲載）
→（『文学の友』／一九五四年一二月）
→（『地平線』／一九五五年一二月／ヂンダレ発行所）
→（『前夜祭』第六号／一九七〇年五月）
白い手（『ヂンダレ』第一六号／一九五六年八月）
▲私の家
▲猪飼野二丁目

解題　日本風土記II

浅見洋子

『日本風土記II』は、一九六〇年代初頭に飯塚書店から刊行が予定されていたが、出版間際になってそれが頓挫し、原稿も散逸してしまった詩集である。この詩集は、『地平線』・『日本風土記』に次ぐ、金時鐘の第三詩集となる予定であった。しかし、金時鐘が共和国の朝鮮作家同盟及び、当時所属していた左派在日朝鮮人運動組織（朝鮮総連）から厳しい政治的批判を受け、一時は一切の表現活動からも遠ざからなければならなかった状況のなかで、長く闇に葬られてきた。刊行途絶の経緯については、本巻収録の「立ち消えになった『日本風土記II』のいきさつについて」及びインタビューで金時鐘が詳述している。また、以下の資料においても、金時鐘が『日本風土記II』について言及している。

・インタビュー「金時鐘さんに聞く――新詩集のありか」（『季刊　びーぐる　詩の海へ』第四

号／二〇〇九年七月）
・シンポジウム「いま『ヂンダレ』・『カリオン』をどう読むか」（ヂンダレ研究会編『「在日」と50年代文化運動――幻の詩誌『ヂンダレ』『カリオン』を読む』／二〇一〇年五月／人文書院）
・インタビュー「幻の詩集『日本風土記Ⅱ』復元に向けて」（『イリプス Ⅱnd』第七号／二〇一一年五月）※大部分を本巻収録のインタビューに組み込んだ。
・インタビュー「詩が生成するとき」（『論潮』第六号／二〇一四年一月）※一部を本巻収録のインタビューに組み込んだ。

未刊行詩集『日本風土記Ⅱ』の存在が知られるようになったのは、『集成詩集　原野の詩1955〜1988』（一九九一年一一月／立風書房）の「あとがき」で、金時鐘が次のようにその存在を明かしたことによる。

「拾遺集」に拾われている作品については、やはり付言を必要とする。そのうちの何篇かは、第3詩集『日本風土記Ⅱ』に収まる予定だった29篇のうちの数篇だからである。あとは四散してしまって跡形もない。たまたま目次の控えだけが残っていて、作品名だけが「年譜」に拾われてある。想い返すのも苦いことだが、一九六〇年代のまる十年間、私は在日朝鮮人運動の組織体から手厳しい批判にさらされて、一切の表現活動から逼塞した。『日本風土記Ⅱ』は、その中で頓挫し、原稿すらも散逸してしまった。

『原野の詩』に収録されている野口豊子編「金時鐘年譜」の一九六〇年の項には「第三詩集になる予定であった『日本風土記Ⅱ』の出版を企画するが、組織批判がきびしく中断。その後、原稿散逸。収録作品は左記のとおり。」とあり、「『日本風土記Ⅱ』未刊行詩集収録予定作品」として「目次の控え」と書誌情報の一部が記されている。それによれば、『日本風土記Ⅱ』は、「Ⅰ　見なれた情景」（一一篇）と「Ⅱ　究めえない距離の深さで」（一八篇）から成り、全二九篇が収録される予定であった（後掲【掲載書誌一覧】参照）。『原野の詩』では、その時点で判明していた七篇（「海の飢餓」・「しゃりっこ」・「穴」・「歯の条理」・「犬を喰う」・「雨と墓と秋と母と」・「カメレオン、音を出す」※『日本風土記Ⅱ』でのタイトルは「カメレオンのうた」）が、詩集に未収録の五篇（「大阪港」・「涸れた時を佇むもの」・「猟銃」・「八月を生きる」・「大阪風土記」）とともに「拾遺集」として編み直された。「目次の控え」の原本は、金時鐘によれば『原野の詩』刊行後に紛失したようである。

『日本風土記Ⅱ』の存在が知られるようになったのは一九九一年刊行の『原野の詩』によってであると前述したが、正確にはこれより一〇年以上前、一九七九年に発表された李正憲・

野口豊子編「金時鐘作品年譜の試み」（『文学学校』／一九七九年八・九月合併号）に、すでに『日本風土記Ⅱ』の目次が掲載されている。しかもこちらの年譜では、「Ⅰ 見なれた情景」の目次の最後に「わが性わが命（カリオン・二号）／猟銃（カリオン・三号）」と記されている。前述の『原野の詩』所収の「金時鐘年譜」の目次には入っていない、「猟銃」（『カリオン』第三号／一九六三年二月）が目次に記されているのである。つまり、一九七九年の「金時鐘作品年譜の試み」では、「わが性わが命」ではなく、「猟銃」が第一部の最後を飾る作品になっているのだ。ただし、詩集の出版が企画された時期はどちらの年譜でも一九六〇年となっており、約三年後に発表されることになる「猟銃」が、実際に『日本風土記Ⅱ』に収録予定であったかどうかは留保しなければならない。筆者がこの点について金時鐘にインタビューしたところ、「猟銃」は『日本風土記Ⅱ』の刊行が頓挫した後に書かれた作品であり、もしこれから出版するとしたら入れたかったとのことである（詳しくは、本巻収録のインタビュー参照）。

本巻では、実際に出版されるはずだった詩集を復元するという立場から、『原野の詩』版の「目次の控え」に依拠した。従って、後から加えるつもりだったという「猟銃」は、本巻の『日本風土記Ⅱ』には収録していない。また、全二九編のうち、未見の九篇については、本巻の目次には記さず、後述の【掲載書誌一覧】に作品名のみを挙げた。なお、本巻収録のインタビューでは、金時鐘が未見の詩の内容について詳しく語っている。

これまで宇野田尚哉と筆者が、年譜に掲載された「目次の控え」と書誌情報の一部を手がかりとしてそれぞれの初出紙誌にあたり、詩集の復元作業をすすめてきた。現時点で判明しているのは二九篇中二〇篇である。「特集　金時鐘と詩のありか」(『季刊　びーぐる　詩の海へ』第四号/二〇〇九年七月)では、「拾遺集」所収の七篇を除く一三篇が『日本風土記Ⅱ(抄)』として掲載された。この『日本風土記Ⅱ(抄)』には、詩の本文にいくつかの誤りがあった。ここに記してお詫び申し上げたい。

現在確認できている範囲で最も早く発表されているのは「秋の夜に見た夢の話」(『国際新聞』/一九五五年一一月一九日付)であり、最も遅く発表されているのは「究めえない距離の深さで」(『詩学』/一九六一年一一月)である。古い作品もいくつか含まれているが、主に第二詩集『日本風土記』刊行以降に発表された詩篇を中心に構成されている。事実上の第三詩集である『長篇詩集　新潟』(一九七〇年)も、金時鐘の証言によれば一九五九年頃に書き終えられていたようなので、『日本風土記Ⅱ』と『新潟』はほぼ並行して書かれていたものと思われる。

詩集の原稿は、刊行できなくなった時点で版元から返却されたはずだが、たび重なる引っ越しのなかで紛失してしまったそうだ。このため、雑誌や新聞に掲載された初出版と詩集版で、本文に異同があったのかどうかは確かめるすべがない。しかし、金時鐘が所蔵している『ヂンダレ』第一六号(一九五七年二月)には、詩集冒頭の「カメレオンのうた」に関する書き込みが残されており、改稿の過程の一端がうかがえる。例えば、タイトル「ロポットの手記」を二重線で削除して「カメレオン、音をだす。」に変更したり、「総連」を「中央」や「委員会」に変更したり、「李承晩」を「朴正煕」に変更した後それを再び二重線で削除したりしている。とりわけ、「李承晩」から「朴正煕」への書き換えは、朴正煕による五・一六クーデターの起こった一九六一年五月以降になされたものと考えられ、『日本風土記Ⅱ』の刊行予定時期を推察するうえでも重要である（ただしこれらの書き込みは、『原野の詩』所収の「拾遺集」の本文とほぼ重なっており、『原野の詩』刊行の際になされた可能性もある）。前述の「究めえない距離の深さで」の末尾に「一九六一・八・一四・夜」という日付が記されていることも併せて考慮すると、詩集刊行に向けて本格的に動いていたのは、一九六一年秋以降であったのではないかと推測される。

最後に、本文の異同について、簡単に記す。

①『原野の詩』所収の「拾遺集」に収録された七篇について、初出版との異同は、誤字や仮名遣いの修正が主となっている。大きな異同としては、「穴」では「四キロ半」が「六キロ半」に書き換えられている他、「カメレオンのうた」では前述した書き換えがなされている。

②「種族検定」は、『日本風土記Ⅱ』と同時期に書き進められていた『新潟』に、「Ⅲ 緯度が見える②」として収録されている。『新潟』版では、全体的に改行が増やされている他、

結びが大幅に書き換えられている。

③「労働昇天」は、連載「長篇詩　猪飼野詩集」として『季刊三千里』第九号（一九七七年二月）に再録される際、時代の変化に伴ういくつかの書き換えがなされている（その後、詩集『猪飼野詩集』（一九七八年）に収録）。初出版では、「反共同盟」として「トルコ、イラン、パキスタン／そして台湾、韓国と」が並列されていた。一方、『季刊三千里』版では、「反共国家群」として「マレー、タイ、／インドネシヤ、イラン、／そして台湾、韓国と、」に変更されている。前者は、一九五九年にアメリカとトルコ・イラン・パキスタンの間で相次いで相互防衛協定が結ばれたことに拠るものだろう。後者は、一九六七年に反共の防波堤として、マレーシア・タイ・インドネシア・シンガポール・フィリピンの間で設立された東南アジア諸国連合（ASEAN）が念頭にあると考えられる。また、『季刊三千里』版では、「ボーナスもない。／産休もない。／労災もなければ／ソウヒョウもない。／残業だけが／新年になる／そんな歳月の炸裂だ！」という一節がつけ加えられている。この一節により、高度経済成長も極まった一九七〇年代半ばにおいて、なおそこから取り残されている在日朝鮮人の生活の落差が強調されている。その他、「ただ殺す。」が「ただ潰す。」に、「すでに八十年。」が「すでに九十年。」に、「三十分」が「五十分」になっていたり、結びが書き換えられたりしている。

『日本風土記Ⅱ』は未刊行の詩集であるため、本文の確定にあたっては、細心の注意を払った。誤植や誤記の修正、表記の統一など詩集としての体裁を整えることを考慮しつつも、詩集が刊行されるはずであった当時の金時鐘の異和なる日本語の痕跡を残すことにも配慮した。このため、初出紙誌との厳密な校合を行ったうえで、気になる箇所を編集委員で議論し、最終判断は金時鐘さんに委ねた。

【掲載書誌一覧】 ※「拾遺集」所収の作品には○、未確認の作品には▲を付した。

Ⅰ 見なれた情景

○カメレオンのうた（『ヂンダレ』第一七号／一九五七年二月、「ロポットの手記」として掲載 ※「拾遺集」では「カメレオン、音をだす」に改題されている）

種族検定（『カリオン』創刊号／一九五九年六月）

※加筆修正のうえ『長篇詩集 新潟』（一九七〇年八月／構造社）に「Ⅲ 緯度が見える②」として収録されている。

○歯の条理（『新日本文学』／一九五八年一月）

労働昇天（『詩学』／一九六〇年八月）

※加筆修正のうえ『季刊三千里』第九号（一九七七年二月）に「果てる在日（3）〈労働昇天〉として掲載され、『猪飼野詩集』（一九七八年一〇月／東京新聞出版局）に「果てる在日（3）」として収録されている。

○穴（『現代詩』／一九五八年四月）
目撃者（『国際新聞』／一九五六年一〇月三〇日付）
木綿と砂（『国際新聞』／一九五八年七月二五日付）
哄笑（『現代詩』／一九五六年八月）
▲夜の磁気　未見
○海の飢餓（『現代詩』／一九五九年五月）
わが性　わが命（『カリオン』第二号／一九五九年一一月）

Ⅱ　究めえない距離の深さで

▲二つの部屋　未見
▲遺品　未見
○雨と墓と秋と母と（『ヂンダレ』第一九号／一九五七年一一月）
○犬を喰う（『ヂンダレ』第一九号／一九五七年一一月）
究めえない距離の深さで（『詩学』／一九六一年一一月）
▲早い季節　未見

秋の夜に見た夢の話（『国際新聞』／一九五五年一一月一九日付）
▲冬　未見
春のソネット（『国際新聞』／一九五六年三月三日付）
▲この地に春がくる　未見
春はみんながもえるので（『詩学』／一九五八年六月）
▲ぼくらは一日をかちとった　未見
○しゃりっこ（『ヂンダレ』第二〇号／一九五八年一〇月）
籤に生きる（現代詩和歌山研究会『詩　ANTHOLOGY1958』／一九五八年八月）
▲ふぐ　未見
▲二十五年　未見
道（『読売新聞（大阪版）』夕刊／一九五九年六月二三日付）
檻を放て！（『国際新聞』／一九五八年三月二日付）

※『ギンダレ』は、神奈川近代文学館に第一四～一七・一九・二〇号、神戸大学附属図書館総合・国際文化学図書館に第一六～一九号が所蔵されている。『カリオン』創刊号・第三号は、富士正晴記念館に所蔵されているが、第二号は現在のところ公共施設では所蔵が確認されていない。ただし、宇野田尚哉が金時鐘や鄭仁など当時の会員・同人をあたって『ヂンダレ』・『カリオン』の全号をそろえ、二〇〇八年に不二出版から復刻版が刊行された。『国際新聞』は、国立国会図書館東京本館にマイクロフィルムが所蔵されている。現代詩和歌山研究会『詩　ANTHOLOGY 1958』は、年譜に掲載誌と刊行年が記されているが、公共の施設では確認できていない。復元にあたっては、きのくに詩人会の代表者である城久道氏を通し、同会の山田博氏（二〇一一年没）が所蔵されている資料のコピーをご提供いただいた。

著者紹介

金時鐘（キム・シジョン）

1929年（旧暦1928年12月）朝鮮釜山に生まれ、元山市の祖父のもとに一時預けられる。済州島で育つ。48年の「済州島四・三事件」に関わり来日。50年頃から日本語で詩作を始める。在日朝鮮人団体の文化関係の活動に携わるが、運動の路線転換以降、組織批判を受け、組織運動から離れる。兵庫県立湊川高等学校教員（1973-92年）。大阪文学学校特別アドバイザー。詩人。

主な作品として、詩集に『地平線』（ヂンダレ発行所、1955）『日本風土記』（国文社、1957）長篇詩集『新潟』（構造社、1970）『原野の詩――集成詩集』（立風書房、1991）『化石の夏――金時鐘詩集』（海風社、1998）『金時鐘詩集選 境界の詩――猪飼野詩集／光州詩片』（藤原書店、2005）『四時詩集 失くした季節』（藤原書店、2010、第41回高見順賞）他。評論集に『さらされるものと さらすものと』（明治図書出版、1975）『クレメンタインの歌』（文和書房、1980）『「在日」のはざまで』（立風書房、1986、第40回毎日出版文化賞。平凡社ライブラリー、2001）他。エッセーに『草むらの時――小文集』（海風社、1997）『わが生と詩』（岩波書店、2004）『朝鮮と日本に生きる』（岩波書店、2015、大佛次郎賞）他多数。

幻《まぼろし》の詩集《ししゅう》、復元《ふくげん》にむけて
――詩集『日本風土記《にほんふどき》』『日本風土記《にほんふどき》Ⅱ』
〈金時鐘《キムシジョン》コレクション 2〉（全12巻）

2018年2月10日　初版第1刷発行 ©

著　者　金　時　鐘
発行者　藤　原　良　雄
発行所　株式会社　藤原書店

〒162-0041　東京都新宿区早稲田鶴巻町523
電　話　03（5272）0301
FAX　03（5272）0450

印刷・製本　中央精版印刷

落丁本・乱丁本はお取替えいたします
定価はカバーに表示してあります
Printed in Japan
ISBN978-4-86578-148-9

▶本コレクションを推す◀

◇骨身にしみる体化 …………………………………… 詩人　高 銀

金時鐘は、亡命を運命として完成した。私たちはこのような金時鐘の波瀾万丈を経て、東北アジアの半島と列島でかかっている現代詩の激闘に出会う。

彼はあの北朝鮮元山で生まれた。だが一九四五年以降、朝鮮半島南端の済州島四・三事件の山野で青年革命家となる。彼は日本に亡命する身の上となり、在日の桎梏の中から、銃を持った手で筆をとり、詩の全生涯を開く。この点で金時鐘の魂と方法は、骨身にしみる体化の典範として、われらが精神史の中に座をしめているのだ。ここに、金時鐘の業績がまとめられることを心から祝う。

◇背丈の低い詩 …………………………………… 哲学者　鶴見俊輔

「こごめた過去の背丈よりも低く」（「風」『光州詩片』所収）——この一行がすばらしい。背伸びしてものすごい背丈の高い詩人として詩を書くということではなく、自分がこうやって屈服したときの背丈よりももっと低い詩を書きたいという、そういう理想が詩を支えていくと思う。

＊生前に戴きました

◇キムシジョン《(時鐘)》シ ノ《(能)》 ヨル《(与、留)》ノ《(乃)》 ミチ《(道)》 ………… 詩人　吉増剛造

嗄《シハガ》レタ、……シ《(之)》カシ、カ《(枯)》レルコトノナ《(無)》イ、……
優《ヤサ》シ《(椎)》イ、美《ウツク》シ《(椎)》イ、……聲《コヱ》ノミチ《(小径)》ヲ《(緒)》、……
ニ《(荷)》ダイ《(駄位)》ノ《(乃)》、ケイ《(軽)》キカンジュウ《(銃)》ノ《(乃)》、ジュウザ《(座)》、……ジュウ《(銃)》ハ《(羽)》、嗄《シハガ》レテ、、、モ、れても《(零、手、毛)》、キムシジョン《(時鐘)》シノ《(能)》、歌ノ《(乃)》、マン《(満)》マルイ《(丸、円)》、ヤ《(山)》マハ《(波)》、ツキ《(尽)》ルコトノ《(能)》ナ《(無)》イ、……“愛《(糸)》しのくれめんたいん”ダ、ゾ、ヨ《(太、曽、世)》。ツレ《(連)》テイ《(伊)》カレタ《(立)》ッテ、コノ《(此)》ウチュウ《(宙)》ニ《(仁)》、ワカレヲ《(羽、伽、零)》ツゲ《(告)》タ《(立)》ッテモ《(手)(毛)》、コノ《(此)》、聲《コヱ》ノ《(能)》、夏ノミチ《(道)》ガ《(伽)》、絶ヘルコト《(事)》ハナ《(無)》イノ、ダゾヨ《(太、曽、与)》……。

(*2017. 9. 17. Tokio gozo. y*)

◇文学的意志の力 …………………………………… 作家　金石範

金時鐘の散文の文体は肉体化された精神—思想の表現である。それが彼の抒情性、センチメンタリズムを排した弾力を持った鋼鉄の響きがする硬質の文体に、情感がこもる所以である。

金時鐘の情感と一体の散文は、絶えざる自己否定の肯定の上に築かれた文学的意志の力の産出である。

▶本コレクションを推す◀

◇批判の鏡 ……………………………………………詩人・作家 **辻井 喬**

金時鐘の作品について無言にならざるを得ない何かの、しかし多分根本的な欠落が、我が国の現代詩の風土にある。

金時鐘の作品は、全力をあげて我が国の近代、現代とそのなかに自足している詩の世界を告発している。主体を安全な場所へ逃避させておいて、知的操作やレトリックを楽しむ宗匠たちが多過ぎるのではないか。金時鐘が行っている近代、現代に対する告発とは、そのような具体性を私たちに突き付ける、批判の鏡のように、私には思われる。

＊生前に戴きました

◇金時鐘の「表現」 ………………………………………… 作家 **佐伯一麦**

金時鐘さんの訥々とした朝鮮訛りの日本語は、東北出身者にとって親しみを帯びた響きがある。だが、語られるのは、あくまでも厳しいリアリズムの精神に裏打ちされた言葉。例えば、しいたげられる者の側にもエゴイズムがある、と金さんは語る。それは、アスベスト禍、東日本大震災を経験した身にとっても、直視しなければならない現実であり、自戒である。〈あなたは、他人／も一人の／ぼく。〉その詩は、分身としての私への示唆に富む。

◇垂直的詩人 ………………………… 映画史・比較文学研究 **四方田犬彦**

26歳の金時鐘は、日本語で書きつける。

「私が啞蟬のいかりを知るまでに／百年もかかったような気がする。」

発語の機会を奪われた蟬とは誰か。発語を強いられた蟬とは誰か。そして誰が金時鐘にこの蟬の存在を教えたのか。

この垂直的詩人がわたしたちに語ってやまないのは、外国語と母国語の差異ではない。言語とはいかなる場合にも、つねに他者の言語であるという真理である。

◇二十一世紀の東アジアの「地平」

……………………………… フランス思想／一橋大学教授 **鵜飼 哲**

詩人、思想家、教師、翻訳家として、金時鐘が七〇年にわたって紡いだ言葉にはどれも、苦さの底に曙光の優しさがある、第一詩集の自序に、「自分だけの朝を／おまえは欲してはならない」と記した人の優しさが。歴史の停滞と反復にあらがい、朝鮮と日本の関係性の根底的な更生に賭けるこれらの言葉はいま、新しい読者を呼び求めている。金時鐘の詩と思想は、二十一世紀の東アジアの「地平」である。「ま新しい夜」は、私たちの前方にある。

半島と列島をつなぐ「言葉の架け橋」

「アジア」の渚で

（日韓詩人の対話）

高銀・吉増剛造

序＝姜尚中

民主化と統一に生涯を懸け、半島の運命を全身に背負う「韓国最高の詩人」、高銀。日本語の臨界で、現代における詩の運命を孤高に背負う「詩人の中の詩人」、吉増剛造。「海の広場」に描かれる「東北アジア」の未来。

四六変上製　二四八頁　**二二〇〇円**
（二〇〇五年五月刊）
◇978-4-89434-452-5

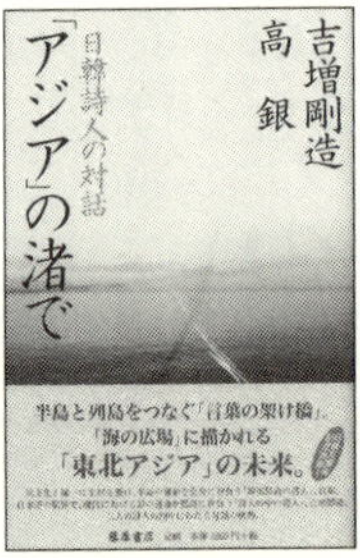

韓国が生んだ大詩人

高銀詩選集

いま、君に詩が来たのか

高銀　**金應教編**

青柳優子・金應教・佐川亜紀訳

自殺未遂、出家と還俗、虚無、放蕩、耽美。投獄・拷問を受けながら、民主化・統一に生涯をかけ、朝鮮民族の運命を全身に背負うに至った詩人。やがて仏教精神の静寂を、革命を、民衆の暮らしを、民族の歴史を、宇宙を歌い、遂にひとつの詩それ自体となった、その生涯。**【解説】崔元植【跋】辻井喬**

Ａ５上製　二六四頁　**三六〇〇円**
（二〇〇七年三月刊）
◇978-4-89434-563-8

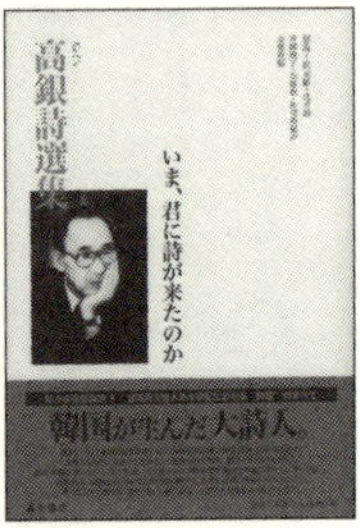

失われゆく「朝鮮」に殉教した詩人

空と風と星の詩人

尹東柱《ユンドンジュ》評伝

宋友恵

愛沢革訳

一九四五年二月十六日、福岡刑務所で（おそらく人体実験によって）二十七歳の若さで獄死した朝鮮人・学徒詩人、尹東柱。日本植民地支配下、失われゆく「朝鮮」に毅然として殉教し、死後、奇跡的に遺された手稿によって、その存在自体が朝鮮民族の「詩」となった詩人の生涯。

四六上製　六〇八頁　**六五〇〇円**
（二〇〇九年二月刊）
◇978-4-89434-671-0

韓国現代史と共に生きた詩人

鄭喜成詩選集

詩を探し求めて

鄭喜成

牧瀬暁子訳＝解説

豊かな教養に基づく典雅な古典的詩作から出発しながら、韓国現代史の過酷な「現実」を誠実に受け止め、時に孤独な沈黙を強いられながらも「言葉」と「詩」を手放すことなく、ついに独自の詩的世界を築いた鄭喜成。各時代の葛藤を刻み込んだ作品を精選し、その詩の歴程を一望する。

Ａ５上製　二四〇頁　**三六〇〇円**
（二〇一二年一月刊）
◇978-4-89434-839-4